行李箱

트렁크

金呂玲
김려령

目次

的同事曾經被打得半死不活，好不容易才被救出。即便責任完全在丈夫身上，但公司完全沒有退費，甚至同事還因為中途悔婚，獲得減薪三個月的懲戒。總之，我只能說幸好我從沒看過老公發酒瘋，他雖然喜歡喝酒，但不至於到暴走的程度，頂多有著喝醉會有不自覺去買酒回來的神奇習慣而已。他在家只喝豪格登，除了我第一天看到很多酒有點震驚之外，算是相當平順的婚姻生活。我白天把行李統統整理完了，除了多幾件衣服以外，跟我剛來時相比沒有太大差別。就算有新東西，我也幾乎都丟了，把跟這場告終的婚姻相關物品清掉後，心情舒暢許多。我只把結婚戒指留下作為紀念，這是公司發給有進行結婚誓約的夫妻的戒指，其他小東西，例如曾經穿過的拖鞋或牙刷之類的，我都丟了。如果可以，我真想把和這場婚姻有關的任何碎渣都丟掉。

我看著14K線戒，它明天就會重回戒指盒了，我會把跟丈夫的記憶一起放進去。老公加入會員以後，我是他的第一個妻子。韓正元，四十歲，是個使用藝名的作曲家，沒有在大眾面前曝光過身分，曾有過一次離婚經驗。我沒有得到其他更詳細的資訊，但因為會員需要通過公司非常嚴格的審查，所以他的身分是可以確定的。我們公司的名字叫W&L，Wedding Life，是業界知名的婚姻仲介公司，甚至還有一般未婚男女都該義務加入的傳聞。我隸屬於專門負責W&L VIP會員的NM（new marriage）部門。為求安保，一般員工不能上來NM單獨使用的三樓辦公室，但NM只是偽裝成W&L一個部門，其實是W&L的祕密子公司，W&L代表的妻子兼副代表其實就是NM的代表。NM主要分成妻子組和丈夫組，並以這兩組為中心運作。我以妻子組FW（Field Wife）組員執行現場工作，職銜次長。NM不會替未婚男女配對，但會親自送出妻子（FW）和丈夫（FH）。被選為會員期望配偶的FW或FH只能用是或否回答。若在沒有適當理由的狀況下，累積三次「否」的回答，就會被規勸離職。一般員工都很好奇我們特別管理的VIP是誰，他們都以為是隱密的高官或財閥，或以為我們會替其他國家王族安排相親等，但我們不做那種事，只是單純從會員身分來看，他們雖然不到王族，但確實多為高官、財閥或專業人員中產階級沒錯。至於他們怎麼跟NM連上的，我不清楚，我們只知道他們是被NM檢驗過的單身而已，但我想應該是沒有一起檢驗人品。在我遇到一個狠毒的大老爺後已連用了兩次「否」，然後在升職審查時被遺漏了，我只剩下一次拒絕機會。丈夫握住我的手，他是看到了我的哪一面才選擇我呢？是怎麼接觸到ＮＭ的呢？但我們也不能用枕邊細語的方式詢問，我們被禁止探問ＮＭ個資或分享意見。公司會特別關注加入ＮＭ後迎接第一位妻子的會員，因為這是ＮＭ給會員的第一印象，也可能對會員的下一步造成重大影響。因此，公司不會隨便分配太生疏的新人ＦＷ，或是已經過於老練的資深ＦＷ，而是分配雖然熟練但還沒有太資深的人。如果他覺得跟我的這場婚姻還可以，就能迎來其他ＦＷ，但如果在跟我結婚後，對方退出ＮＭ，我就必須寫報告，所以我偷偷試探了丈夫的意思。

「結婚還好嗎？」

「比想像中好，妳呢？」

「我也是。」

原來如此，既然彼此都覺得還行，那還有什麼好說的呢。

我們對這片靜寂感到尷尬，只能有一搭沒一搭繼續對話。

「你在做的 Podcast 是什麼節目啊？連朋友都不知道嗎？」

「有個為了我自己做的東西很不錯啊。」

看來是個類似祕密資金的節目吧，光是想到自己藏錢的地點就會莫名開心的那種。那我得裝不知情了，我可不想成為那種甚至掀開廁所天花板，還因為找出祕密資金而得意洋洋的妻子。只有這種時候才把夫妻的信任擺在前提，不想公開老公的小祕密。我不想妨礙享受著這種還沒被揭穿的刺激與安心的丈夫，他光是願意跟我說有這種東西存在就已經很好了。丈夫爬到我身上，我看得出他很努力，但到底是要做還是不做啊……如果清醒時有困難的話，就去活用廚房裡多到滿出來的酒啊。這種好像酒兌酒，水兌水，讓人感覺好像有在做又沒在做的無精打采動作有種……嗯，算了，再會了，祝你幸福。

2

我拎起行李箱輕聲走著，如果被隔壁家奶奶發現就麻煩了。我把行李箱放在門口，掀開電子密碼鎖外蓋。153……但在按完剩餘數字之前，奶奶探出她的臉。

「回來啦？」

「對，您過得好嗎？」

「差不多。看妳的臉色，這次出差應該還算舒服吧？」

我按完剩下的密碼，打開門。奶奶跟著我進門，她一進來就按下自動販賣機按鈕，泡了一杯咖啡。這該死的咖啡販賣機！但這個故事晚點再說，比起其他連眼神打招呼都尷尬的其他鄰居，我跟隔壁家的奶奶關係有點不一樣。在我高中時，她和兒子一起搬來，從那時候起就和我媽媽以姊妹關係相處。鄰居哥哥跟我哥同年，見過幾次也成了朋友。鄰居哥哥以大學生情侶身分談了場轟轟烈烈的戀愛，與穿著孕婦裝學士服的戀人一起畢業了。奶奶一直說只要鄰居哥哥畢業，她就要過以收兒子薪水為樂的生活，但哥哥在畢業後三個月交出來的卻是白胖胖的孫子。奶奶急忙把原本的房子抵押，在附近買了一間新房。兩人在那裡開了跟辛苦完成的學業毫無關係的小工作室，把家裡當成倉庫，只要是網路上能賣的東西都賣過。自然而然地，孫子一出生就幾乎都是奶奶在照顧，現在其實也差不多，她依然忙著照顧孫子。而我則是因為那臺莫名其妙進來我家的咖啡自動販賣機，得忙著照料奶奶的咖啡。在前年因為哥哥被派到外縣市，連父母都一起搬過去之後，奶奶就不太常來了，但現在她卻因為那臺自動販賣機定期拜訪我家。

「哎呀，真好喝，咖啡就是要這個味道！」

奶奶欣慰地看著能泡出符合她口味的咖啡販賣機，雖然因為她做過雙眼皮手術，眼睛看起來是充滿震驚的瞪大眼狀態，但那其實只是深情的眼眸。醫生到底是抱持什麼審美眼光，才會這麼勇敢地把老人的眼睛整成這樣？看起來像是用一枝黑色簽字筆畫了半圓，仔細看會發現額線還藏了一條線，是用力拉扯皮膚而剪下來縫補的。這是她不知道去哪裡獲得雞蛋和衛生紙後產生的變化，有時也會拿一大把洋蔥和牛蒡來。奶奶免費收這些東西，買了要價五十萬元的人參汁，然後她還相信這是山參汁，因為這是她每次去買，都會送她折價券的年輕歌手哥哥賣的。她用那張折價券，以萬能電子鍋的價格買了基本電子鍋，以可製冰的飲水機價格買了連淨水功能都讓人懷疑的迷你飲水機，以３Ｄ立體電視的價格買了液晶電視。這到底是折價券還是補差價券呢？有很多東西都被鄰居哥哥氣得砸爛了，但明明他再把那些東西拿去網路賣就好了，打爛不是很浪費嗎？奶奶喜歡年輕哥哥，對方能歌善舞，還會替她按摩肩膀，但鄰居哥哥卻不能理解為什麼要放著家裡好好的兒子不看，選擇去那種地方。真笨，世界上哪有媽媽會因為跟兒子牽手而心動啊？

「只有他老婆是女人，我到死都是媽媽。」

她曾跟我炫耀過年輕哥哥的簽名專輯，一看就是用印表機印的封面照上，有個三十五歲上下，一臉沉思的男人。簽名長得不知道該說是華麗還是難懂，但我賭上我的年薪，他絕對無法再簽出第二個一模一樣的簽名。奶奶甚至還跟他單獨吃過飯，買了隨便算也超過千萬元以上的物品，感覺以後也會持續買下去，但那個渾蛋吃了貴死人的鰻魚還推給奶奶結帳。可是奶奶還是喜歡這種跟年輕哥哥怦然心跳的約會，她說不用吃血液循環劑也覺得血液暢通。這也是為什麼她家總像個天天辦喬遷宴的房子一樣，陽臺堆滿了一輩子也用不完的面紙。還是我應該讓她加入ＮＭ呢？這樣也能避免發生鄰居哥哥誓死反對的再婚。比年輕哥哥更年輕又帥氣的ＦＨ隨時都做好準備。但錢是個問題，還是要叫她賣房子呢？重蓋的話房價應該會翻好幾倍，還是應該教她做標語在市廳前面示威呢？請對獨居老人的性慾負責！年輕哥哥是她想像中的性伴侶，奶奶一直相信不久後就會成真，因為那個渾蛋年輕哥哥一直在鋪梗。光是只出一張嘴，甚至還收了奶奶跟我媽借的錢就完全不是人了，如果我是奶奶，應該到真的發生關係之前都不會給那筆錢吧，要錢的話，我會脫光衣服撲上去吧，等辦完事再給幾毛錢不就行了？但奶奶的戀心真的是個問題，還是要請ＮＭ降價，把期間制婚姻大眾化呢？

「奶奶，您是不是很多人追啊？」

「是啊。」

「跟戀人見面時都在做什麼呢？」

「不管是以前還是現在，大人還能玩什麼？就是喝酒上床啊。」

人們都在背地議論著奶奶一個人就活像個寡婦哭喪著臉，她是因為不想聽人家這樣講，才會在跟大家相處時表現出要釣男人的樣子。人們連她穿什麼衣服，說什麼話，甚至連化妝都有意見。是為了表現給誰看才打扮？難道他們自己就都素顏在外面跑嗎？對於時尚這部分，有太多太多表現得像在地高手的無名人士了。奶奶說，與其如此，她不如過得精采，讓其他人氣自己為什麼不是寡婦。即使夫妻之情不夠明顯，戀人間的愛倒是很明顯。人們看到送來的花束，或是下班後為了約會的精心打扮，就知道奶奶的戀人跟季節一樣規律的一個換過一個。

「我下班回家覺得做什麼都煩，什麼事都不想做，您真厲害。」

也順便抱怨了還有冷嘲熱諷的同事。奶奶就說。

「下班回到家有老公才討厭啊，但如果是情人就不一樣了。」

然後點燃了同事的下半身。等等，不管當時或現在都是嗎？難道跟那個年輕哥哥也是？或許他是真的愛這位致命女郎般的奶奶也不一定，跟奶奶約會時還會吃鰻魚，這傢伙是想要多努力啊？

「妳現在時機正好，現在能交就盡量交吧，不要以後後悔！我要先回去了，我們家俊秀差不多要回來了。」

奶奶又各泡了一杯拿鐵咖啡和薏米茶，薏米茶是因為孫子俊秀喜歡喝，奶奶才親自補材料，然後每次俊秀來都會喝一杯。薏米茶要給俊秀，咖啡是要給補習班校車司機的。奶奶終於離開了，等自動販賣機的咖啡泡完，我一定要把這臺丟掉。

家裡之所以會有咖啡販賣機是因為朋友時靜的關係，去年，時靜突然說她要當網漫作家，開始在某個漫畫家手下學習。但因為只聽到漫畫就反對的父母，她在家沒辦法工作，於是她訂定要先獨立，參加徵集展或聯展取得好成績後再來說服家人的計畫。為此，她需要一間工作室。我看了她幾部作品覺得還挺有模有樣的，也覺得她三十歲想展開新生活的抱負非常毅然，所以借了她五百萬元。二十八歲的我們對於三十歲有著期待與不安，五百萬是我為時靜的三十歲送上的應援。但我忘了她是會沉浸在莫名的情緒裡，換興趣跟翻書一樣快的瘋女人，因為該死的三十歲就要到了。果然，時靜替我在她開張時送去的金錢樹澆過幾次水後，就把工作室收了。她用極低保證金在驛三洞地鐵附近的商住兩用大樓找到一間套房，但因為沒辦法負擔高額月租，六個月後就搬出來了。她說她再也無法忍受高得不合理的管理費，但看她甚至沒想好要把行李搬到哪放就半夜逃跑，我懷疑她是不是積欠管理費。這個在工作室還放一臺餐廳招待用的咖啡自動販賣機，花錢不手軟的孩子居然會批評管理費太高，是很不合理的事。當然，時靜喝原豆咖啡有利尿的問題，所以她只要喝原豆咖啡就得整天跑廁所，但自動販賣機真的是，一個練習生的工作室哪有這麼多客人來？總之，時靜關了工作室就把販賣機送來我家，她說一定會還我本金，但要我先收下利息。她說這臺很好清洗，不用另外燒水，只要按下按鈕就有咖啡，講得好像什麼新世紀的發明品一樣。又不是帶了一臺咖啡機器人過來，而且我哪裡要利息了？在普通住家擺一臺自動販賣機其實也是很漫畫的想法，共有拿鐵咖啡、黑咖啡、茶三個按鈕，我覺得她真的不能放棄畫漫畫。

「等妳以後重開工作室再繼續用吧。」

「我決定把畫畫當興趣了。」

這就是這玩意兒之所以被放在我家的故事。

時靜是個很溫暖也很有決斷力的人，但問題就出在她跟自動販賣機一樣單純。

3

如果能在寂靜的樹林裡有個家就好了，想用最基本的生活用品和餐具一個人生活。有空就漆個牆壁和地板，哪裡有這種小房子可以住呢？時靜對於我所渴望的東西有點意見。

「妳認真找找看，山裡有很多沒住人的房子。運氣好的話，屋主可能會讓妳直接入住。但問題是一個女人獨自住在山裡，這樣會引人好奇，如果有人好奇來看看，妳又對他釋出善意的話，他就會一直來吧？會出事的！」

報警就可以了吧？但當接到報案的NM搜救隊抵達時，確實幾乎沒見過平安無事的FW。住在那種房子，在院子晾衣服，睏了就躺在平床睡一覺，這種事情只能在夢裡找，二十九歲，光想都累了。

「仁智，男人不聯絡的原因是什麼？」

「對妳沒興趣。」

「也可能是害羞不敢聯絡吧？」

男人是只要喜歡，就算躺在手術臺也會打電話的動物，害羞個頭，愛情是會讓他能超越這一切的。聽起來應該是跟她一起畫漫畫的人，但在她不畫之後也斷了聯繫。這種就只是親切的同事罷了，我叫她如果還有留戀就主動聯絡對方，引誘對方要不要上床，結果她氣得整個人跳起來。也未免太認真聽我的玩笑了，難道她曾經做愛到一半被揍過嗎？她說，把愛情跟性愛直接連在一起是俗氣的想法。我哪有說要直接連結？愛到一個程度就會想撫摸對方，擁有對方啊，拒絕身體結合的愛情，我是不太喜歡。

「方式不同啊！難道只有要上床才見面嗎？」

「不是為了上床才見面，而是交往到一個程度就會上床啊。妳難道要每次見面都只看電影嗎？是很愛吃爆米花？如果是這樣，就不要買這種自動販賣機，去買爆米花機！又不是修女，柏拉圖式的戀愛妳自己去談。」

「妳不能把男女關係看得更有生產性一點嗎？」

「妳看看鄰居哥哥，他睡了幾次不就有了大生產嗎？」

「我不想講了。」

「把妳的販賣機帶走，臭丫頭！」
時靜不把該搬走的販賣機搬走，送來一個長得白白淨淨，名叫嚴泰成的男人。她一副給了我什麼厲害禮物的反應，要我跟他相處看看，就把人家送來了，她說這個很有創意的男人能矯正我把男女關係看作性結合的觀念。只要期滿離婚，寫完結婚報告書就能獲得義務性的一週休假，但因為鄰居奶奶和時靜的關係，我根本沒有休息的空檔。她自己可以用這男人取代沒聯絡的網漫同事，相處看看不就得了，為什麼非要把安分的我拖下水啊？嚴泰成問。

「聽說妳在W&L上班？」
「對。」
「原來那邊的員工也會相親啊。」
「對啊，不過你是怎麼認識時靜的？」
「我們是在手作年糕講座認識的。」
年糕……這孩子什麼時候又換興趣了？
「用電子鍋蒸飯敲打也能作傳統年糕。」
嚴泰成看起來是真心喜歡年糕，他說家裡還有他親自作的各種年糕，我還真是人生中第一次看到有人在炫耀年糕。該拿這個三十三歲男人生硬的年糕炫耀如何是好？打一條彩虹年糕領帶來義大利麵專門店是他的人設嗎？對年糕的愛是純潔高尚的，男人和女人不談性，而是談年糕。我不管怎麼看都覺得這人更適合時靜，怎麼會是坐在我面前？不曉得是不是我的反應太不情願，嚴泰成說要給我看不輸一般蛋糕的年糕蛋糕，非要把我拖去仁寺洞某個年糕咖啡廳。對面的美術館一直都是我刻意避免來的地方，當他一上計程車就說要去仁寺洞時，我的預感就不太好，今天的運勢真是……

那天是畢業前去面試的日子，我去位於安國洞的出版社面試，老闆只講了一堆跟業務無關的內容，酒量好嗎？一點點。一點點可不行啊，釀酒廠大部分的酒都是出版社在喝的。盧仁智小姐喜歡什麼酒？我喜歡啤酒。啤酒好啊，我看妳的履歷就覺得妳名字很不錯，今天辛苦了，幾天內就會聯絡妳有沒有錄取喔，哈哈哈。大概是這種感覺的面試，我需要一直站在YES或NO之前，應該是從我出生後被取名的那瞬間起就被賦予的命運吧（註1）。

註1 「盧仁智」的韓文發音與「是NO嗎」相同。

面試後我空虛地走到到仁寺洞，然後走進那間美術館。天氣微涼，但西裝很薄，我需要一個暖和的地方。裡面正在展出某個外國藝術家的裝置藝術展，正當我拿著在入口買的小冊子和實際作品比較，有個女人走向我。

「作品很棒吧？視角轉換得很不錯。」

這是用刻度鐵鎮尺為材料製成的獨木舟作品，作品名《時間》，但我是個沒聽說明就無法把作品名跟作品串聯起來的門外漢。那個女人看起來很知性，感覺是和展覽相關的人員，但她為什麼偏要走向我呢？這讓我覺得難為情又難堪。原來美術作品也有所謂的轉換視角啊，謝謝妳的資訊，可以離開了……

「我也不太懂，只把它看作是一條船。」

「是船沒錯啊。」

女人嫣然一笑，移動到其他作品。

我實在很在意那個女人，隨便逛逛就離開美術館了。在走下美術館階梯之際，女人叫住我。

「等一下。」

這聲呼喊聽起來有點不太舒服，我不想跟我完全不認識的人講話。這個看起來過分優雅，吃南瓜糖也會像在吃王室巧克力一樣的女人讓我渾身不自在。我看還是跟那邊頭髮五顏六色的日本觀光客走在一起還好一點，我喜歡自由的靈魂。於是我急忙詢問對方是日本人吧？就直接加入他們了。如果他們問我有什麼事情，那我就要二話不說邀他們一起往另一邊走。我假裝沒聽見女人的呼喚，掉轉腳步。後面傳來急忙走下樓梯的聲音，踏、踏、踏，女人輕輕抓住我的手臂，可惡……

「有什麼事嗎？」

「請問妳今天是不是去面試？我們一起喝杯茶吧。」

我穿了一套過分正式的面試服裝。

我們移動到美術館隔壁的茶房，我也不是不立刻就業就不行的狀況，但「面試」這兩個字還是抓住了我。對美術一無所知的我被迷惑般地跟著走，女人拿出名片推到我面前，是張印著W＆L商標的名片。婚姻仲介公司，我聽說W＆L有很多學經歷很好的善男信女，我們系上也已經有人加入，我算哪根蔥啊？但我基於禮貌還是接過名片，可我沒有想加入的意思，雖然這是之後才知道的事，但這家美術館的經營人是W＆L代表的妻子。

「我會考慮看看要不要加入。」
「我是要詢問妳有沒有入職的意願，是今年畢業生嗎？」
「對。」
「科系是？」
「韓文系。」
「那有能簡單對話的外語能力嗎？」
「我曾經去日本交換過。」
「喜歡體育嗎？」
「我喜歡棒球。」
「妳支持哪一隊？」
「斗山。」
「那這次韓國大賽肯定覺得很遺憾吧。」

那年斗山以四連敗被橫掃的紀錄，把韓國大賽的優勝拱手讓給ＳＫ，隔年又出現了一樣的劇本，這該死的四連敗衝擊實在很難消散。ＳＫ飛龍隊是無敵隊伍，很會投也很會打，很會擋也很有團隊默契。我在棒球場很氣，看精華片段也氣，那年應該是我氣到短期內喝最多啤酒的一年，可惡，最強斗山！結果我跟這個打從一開始就不滿意的女人進行了比出版社更像面試的面試，但莫名有種被說著妳面相很好，跟上來搭話的宗教團體女人纏住的感覺，不太舒服。我最後說我需要時間考慮，離開了那裡。我覺得這是對出版社的禮貌，但出版社對我說了ＮＯ。大部分同學都還沒順利就業，倒也沒什麼傷自尊的問題。一方面也覺得可惜，想說是不是先去Ｗ＆Ｌ工作再找機會跳槽，學長姊也說要一邊工作才好轉職。那個女人欣然接受我的會面邀請，直到那時我才知道她是ＮＭ的獵頭。從她那邊聽說ＦＷ的事情時我也不是太震驚，不曉得是不是我訝異到失去感覺了。居然有期間制配偶這種東西，換句話說，不就是適用四大保險的高額年薪女接待嗎？轉化為很有體制的性交易。靠，到底把我看成什麼人了？我要不要跟媒體界前輩爆料這裡有很值得炒話題的情報啊？順利的話我搞不好還能拿到一個實習工作呢。衝擊！知名婚姻仲介公司的真面目！原來是性交易的斡旋之策！

「我們不是出租女接待，不要誤會了。會員之中也有無性者，或無法性生活的伴侶，他們只是想體驗不同婚姻的人而已。」

「那幫忙配對那些人不就得了嗎？」

「只有心意相通又有什麼用？花多少就要享受多少啊。」

「那為什麼要找我？」

「妳沒有流鶯氣息，很漂亮啊。」

想結一次婚看看的女人，她說我屬於那一類的人。現在居然變成連配偶都能租的世界了啊，對支付高額年費和婚姻成功資金的NM會員們而言，感覺自己變成被推出去問「這樣的妻子如何？」的嗜好品。我過去不懂，應該永遠都不該懂，不要懂會更好的那個世界，就這麼抓住了我的手。

我看著窗外的仁寺洞，過了幾年時間，這裡一如往昔。雖然藥局變成餐廳，餐廳變成咖啡廳了，但整體氛圍沒有太大改變。時而躁動，時而冷靜的熙熙攘攘，但我再也不想於此地久留。

「抱歉，我來之前不知道這是相親的場合。」

「是因為我無業才不喜歡嗎？」

「不是，我現在沒有時間跟別人交往。」

「二十九歲也不是會被打槍的年紀啊，舒服輕鬆的見見面就好啦。」

這男人是怎樣？好歹也去兼職再大聲講話吧？還是他繼承了一大筆財產嗎？那就立刻去開一間年糕店吧。時靜用神職人員的心情跟他交往還差不多，她為什麼要把這個大腦像紅海一樣裂開的傢伙送給我？

「我看仁智小姐有點緊張才開了玩笑，妳應該很常聽人家這麼說吧？不要理會那種像椪餅一樣空心的人，像年糕一樣內在紮實綿密的男人才是真理。」

那豆沙年糕呢？我差點就開口反問了。

「妳年薪多少呢？二十九歲就當到次長感覺還不錯。」

「這也是開玩笑嗎？」

「這是我真心好奇才問的，最近工作也不好找，但二十九歲就能當到次長很神奇，肯定是正職吧？」

「我要先走了，不好意思。」

我拿著結帳明細，在我想要結束這種見面時，我會結帳。我不想吃討厭的男人請的食物，也不想成為一個用相親當藉口，騙吃騙喝就跑的女人。

「剛才是你付了餐費，這裡就由我買單吧。」

「好啊，坦白說因為義大利麵太貴了，我還以為會各付各的。哈哈哈，開玩笑的。」

我看他這張臉跟小白臉一樣，是在臉上沾了年糕粉嗎？要不要我也講講玩笑話啊？是他自己看起來趕著要去下個地方，才自己先急著結帳，結果現在才來講這種話，真是累死人了，我把信用卡遞給負責結帳的店員。

隔天，時靜作了抹茶年糕蛋糕來找我。雖然是用蒸籠蒸的，但跟市面上賣的年糕沒有太大差別。時靜雖然沒有特別厲害的一技之長，但只要接觸就都很快上手，我看她的問題應該出在老是在快要成為職業級時就會放棄吧。這個蛋糕也是，在家自己吃還算出乎意料地好吃，但如果要我花錢買？不曉得。

「聽說妳昨天先走了？」

「他太有創意了，近距離接觸讓人很不舒服。」

「為什麼這樣講？那個人比想像中善良的。」

「要思考一下才覺得他善良的話，那就不是善良。」

「不覺得很可愛嗎？」

「哪裡？」

時靜到底是在哪裡看到他的魅力啊？我敢保證，那個人肯定是會在氣氛成熟時就說要去汽車旅館的人，現在只是先用手掌遮住他的性慾而已。跟人交往好累啊，我有時都想離職，自己加入NM會員了。有時候也很羨慕NM會員的選擇都很有彈性，他們依照自己需要的條件去選期間制配偶，也不是要賭上一輩子的婚姻，也不會隨便搞怪。在五十幾歲的FM前輩退休後，偶爾也會有會員來找他，這種時候就會以約聘方式工作。有年紀相仿的，也有年紀輕的，他們如果想過過安息年，好好休息，那就會來找她，她是個只要待在一起就能讓人平靜和獲得安慰的女人。雖然我已經有四枚婚戒，但我還是不懂男人，他們的脾氣感覺跟這輩子排出的精子量一樣多。想更理解卻變得更難懂，放棄時才好像又看懂了什麼，但如果要重新開始又會感到混亂。看到跟嚴泰成一樣，看似平凡但又不平凡的這類人我就會覺得心悶。時靜不曉得到底是吃了他什麼好處，才會一直替他說話。

「再約一次啦，那個人隱約還挺單純的。」

「我比較喜歡隱隱約約很熱情的人。時靜，我明天就要上班了，有些事情要準備，妳可以先回去嗎？抱歉。」

「知道了。」

時靜在販賣機點了一杯咖啡後離開。

不久後，我聽到外面傳來時靜的聲音。

「奶奶！奶奶在嗎？我拿咖啡來了。」

「妳來啦？進來吧。」

看看這個多管閒事的程度，用販賣機締結的友情真是令人感動喔。因為食性相似，她們很快就變熟了，我看應該也會一起吃晚餐吧，搞不好還會叫我一起吃，然後又會為了喝杯飯後咖啡跑來我家。我到底該怎麼做才能脫離這個莫比烏斯的販賣機呢？奶奶這麼愛收年輕哥哥送的衛生紙，為什麼我說要送她販賣機卻不收呢？拜託收下吧。

4

我把員工證掛在脖子上，走進正門。一樓有會客室，二樓是大家一般所知的W&L，三樓是NM。我把員工證抵在通道左側的感應器，滴滴，NM的員工需要多通過這道門才能上辦公室。我走進電梯，這臺一直以來都很少人。我抵達三樓，辦公室的強化玻璃門貼著大大的金色NM二字，下面寫著小小的 **new marriage**。我開門進入辦公室，左側是妻子組的區域，我在茶桌和正在泡咖啡的常務四目相對，常務雖然算是FW的士官長，但她其實沒有FW的經歷。和我們一樣使用沒有隔板的辦公桌，也沒有高層的架子。

「妳來啦？要喝咖啡嗎？」

「好，謝謝。」

朴科長舉手向我打招呼，不管何時來都一如往昔的辦公室，只會多一兩個沒見過的代理級ＦＷ而已，即便如此也不覺得有哪裡特別不一樣，畢竟當大家出差時間不同，記不住彼此長相也是挺正常的。今天的空位看起來特別多，我選擇窗邊插著ＯＦＦ卡的座位。以現場工作為優先的ＦＷ沒有固定座位，部長級以上才會分配個人辦公桌。我把板子翻到ＯＮ那面，按下電腦開機鍵，看著螢幕前的風信子，藍色的花綻放得很吸引人，是很精緻的人造花。因為我很常不在位子上，也沒辦法擺鮮花，常務在我桌上放了一杯咖啡，拉一張椅子過來。

「我看了報告書，這次出差還滿平靜的。」

「對，辦公室應該沒什麼事吧？」

「哪會沒事，我們天真的劉代理闖禍啦。」

劉寅英是入職第二年的代理，我們初期的晉升速度很快，我們的高基本薪資為了配合Ｗ＆Ｌ一般員工，就必須把職銜往上升。經過六個月實習，通過轉成正式員工的審查後就會成為代理。總之，劉代理第一次出差就懷孕了。要不要生小孩取決於個人，但必須把這個事實告訴會員本人。很不幸的是，想生下小孩的會員寥寥無幾，ＦＷ本人也是如此，所以大部分都會選擇墮掉。劉代理的丈夫果然也不想要孩子，但劉代理想要。這麼一來，ＮＭ就要負責說服丈夫，並在孩子成年前支付規定的養育費，這是給予因懷孕而離職的員工福祉，也算是一種避免後續產生糾紛的手段。但因丈夫到最後都極力反對，那就只剩下偷偷生孩子這條路了。劉代理表示在ＮＭ結婚期間，她也有扶養孩子的信心。真是太天真了，她以為這任丈夫會選擇繼續跟她結婚嗎？如果被指定其他配偶，那出差過程中，孩子要交給誰顧？我到現在還沒見過有哪個會員想找有個孩子的ＦＷ。

「她確認懷孕後甚至還準備了蛋糕。」

「應該是她自己開心才會這麼做，現在肯定很受傷吧。」

「憧憬很短，但義務很長。妳休息一下來我位子，我列了保全業者的目錄。」

「好。」

好久沒喝原豆咖啡了，味道不太順口，看來那臺販賣機已經把我的口味變成即溶咖啡了吧。我走到茶桌，加入砂糖和奶精，好多了。我先更新電腦的防毒軟體，接著確認其他目錄。這位子不曉得空了多久，光是更新系統就花了好幾個小時，我一邊看著更新進度，一邊打電話給現場出差的ＦＷ問問近況。看點報紙啊。我們看別的。沒有任何問題。有什麼額外折扣嗎？如果得到這類型的回答就要記錄下來，這是可能會產生問題，要我們繼續關注的信號。如果對方反問體育新聞是免費的吧？就表示問題與暴力有關；如果聯絡三次都未果，救援隊就會前往拜訪。有問題的會員大概三個月內就會露出本色，也沒辦法忍更久了，之前有位ＦＷ要不是有救援隊相救，可能就死了。當時我們聯絡不上ＦＷ本人，但丈夫卻泰然自若地接了電話。在起疑的救援隊出動時，她的狀況非常嚴重，所有個人物品都被搶走，把人關在房間裡，連想請求救援都沒辦法。幸好今天看來是沒有任何異狀，我們把救援工作交給市面的保全業者，他們只知道這是針對Ｗ＆Ｌ結婚夫婦所提供的預防家暴服務，但其實也沒什麼需要救援隊出動的狀況，雖然神奇，但就是如此。期間制夫婦也不是每一對都很幸福，對他們而言，因為還有下個選擇，不會消耗沒必要消耗的能量。如果碰到跟想像中不同的配偶，有些也會分房睡。目前合作的保全業者合約今年到期，我們必須把其他業者納入考量後撰寫報告，有意見指出這次合作的業者出動時間太晚。要先吃午餐再繼續寫了，該跟誰出去吃好呢？我環顧辦公室內，跟朴科長對到眼，所以傳了訊息給她。

——一起去吃飯吧。

但比起朴科長的答覆，常務先叫了我。

「盧次長，去吃飯吧，妳好久沒來辦公室，需要談談心吧。」

——次長，我還有沒有做完的報表，現在不能走。

還真是很會找理由喔。我居然連吃午餐都要陪上司，還是我要硬拉她一起去呢？大家幹麼這麼努力啊，有用嗎？常務就由我來負責吧，怎麼我每次來公司都會跟常務一起吃飯呢？我拿了錢包，常務抵著門等我，但她先去也沒關係啊。我說了聲謝謝，步出辦公室，在電梯前遇到ＦＨ的金次長，好像已經快兩年沒見了。

「前輩，我們這是多久沒見啦？」

「我兩年約。」

「這段時間都在哪？」

「北京，前妻在那邊開韓語學堂。」

「那你要去哪吃飯？沒約人的話要不要一起吃？」

「好啊。」

真是幸好，可以避免跟常務單獨吃飯了，不然還得一起罵我素昧平生的常務夫家，一起寫沒興趣的小鬼頭成長日記。至少要有金次長在場，我的辛苦才能減少一半。金次長是比我早兩年進公司的前輩，在我結束現場執勤教育後，剛進實習時認識的。我們必須接手出差FW的工作，妥善善後。當時我在協助規劃婚姻，是NM住處租賃方案的妻子組前輩。這件事需要相當多資本，就算蓋了NM城，以不喜歡曝光私生活的會員特性來看，他們會住在那的機率不高。當時還是科長的金次長在丈夫組負責相關企劃，選擇住宅進行出租的風險太高了，當會員有這個需求，由NM作為代理人找房子跟簽約的方式更安全。會員先將租屋費用匯給NM，以W&L名義進行簽約，可以同時兼顧會員私生活保護及避免麻煩，大概就是這種目的和內容。我負責來回兩個組跑腿遞資料，也自然而然地跟金次長親近起來。他是唯一一個對我好的前輩，之所以現在還跟我同個職銜，是因為他有點反骨氣質。因為他揭開了公司試圖掩蓋或隱藏的部分，並因為中途悔婚受到懲戒，所以在晉升審查階段被刷掉了，他看起來像是要以次長身分退休為目標的人。

「這些財力雄厚的人為什麼要結這種婚呢？」

「法定婚姻比起生活問題，分手過程更複雜也讓人疲憊。如果對方沒犯什麼致命失誤，很難順利分手，但會一起生活的人要討厭彼此哪需要什麼天大的理由？一旦開始把胖胖的腳看成熊掌，一起生活就是一種折磨，他們只是希望交往和分手都能變得自由，從這角度來看是很合理，但就沒有很緊密的感情。」

「算是自發性的不婚者吧。」

「有些是就算已經考量並決定承擔一切了，也還是沒找到想求婚的對象。反對結婚的人多半都是已婚者，因為他們自己走進這個制度後才發現不怎樣。但在說這種話的人之中，有幾個是真的能結束婚姻並走出來的？也不是我要批評他們，只是要逃出來收拾殘局會比維持這場婚姻更辛苦，所以他們才繼續這樣過下去。」

「能百年好合的夫妻是天選的命中註定嗎？」

「應該是不知怎麼地就百年好合了吧？哈哈哈。總之，如果世上只有這種夫妻存在，那我們這一行就會變得很危險，可能一夕之間就變成無業遊民了。」

「感覺前輩很不適合這份工作耶，還好嗎？」

「跟我很合啊，好好玩耶。」

我們以介於戀人及妻子間的身分參與會員人生的一部分，雖然我知道自己一開始就後悔，最後應該也會後悔，但卻無法擺脫這股浪潮，想放棄又覺得我太可憐，但要說這是信念又有點卑怯。如同想盡辦法也要脫離堵塞尖峰帶的汽車一樣，我只是期待著，我應該總有一天也能走出這個艱難的生命區間吧。

「妳要去北京的時候隨時跟我說，我畫張美食地圖給妳。有一家好吃的羊肉涮涮鍋店，在那邊排隊還會幫妳做美甲，其他服務也很不錯，醬料也好吃。」

中國美食啊，光聽我就覺得飢腸轆轆。

那個彩虹年糕領帶！嚴泰成提著年糕蛋糕盒站在大門口，我微微躲在金次長身後走，但還是聽到一聲「盧仁智小姐！」的呼喊。可惡，臭小子，我要裝沒聽見，結果他笑嘻嘻地走向我。在公司門口為什麼要讓我這麼丟臉啊？常務露出淺淺微笑，嚴泰成長得白白淨淨的，所以第一印象不會太差。他用那張臉跟我的同行人打招呼，常務因為他很有禮貌，看起來對他挺有好感的。

「盧次長，怎麼感覺我們需要避開啦？」

「沒關係，嚴泰成先生，跟我們走吧。」

我別無他法，只能帶著嚴泰成一起去烤魚專門店，這是公司附近的美食餐廳，這時間總是很多人。因為沒辦法立刻入座，所以我們在入口等了一下。這段時間嚴泰成彷彿是跟我交往了千年般的關係，滔滔不絕瘋狂講話，例如某個海邊的烤魚店續餐現況和碳烤跟木炭烤差異在哪，海風晾乾的小黃魚跟放進自動乾燥機風乾的小黃魚差異，哪家店還會送條狀年糕一起烤的服務等等，反正無邊無盡。拜託你不要再講話了！店員問。

「四位是一起來的嗎？」

「不是，兩兩一組。」

我們在店員引導下入座，是和常務及金次長有點距離的位子，嚴泰成坐在對面。在一坐下的瞬間，他就開始碎念以後要先預約再來之類的，但這家店是不接受預約的。他看起來不像壞人，卻老是惹人生氣，我也討厭這種與我的意志無關的煩人見面。我今天一定要做個了斷，當個讓他沒胃口吃飯的討厭女人吧，起承轉合，這需要快刀斬亂麻。我一邊思考，一邊發出聲音咀嚼作為小菜上桌的涼拌海帶，嚴泰成也拿起筷子。

「那是員工證對吧？我也好想在脖子掛員工證喔。」

我說公司公告欄都有在定期招募新人，想要的話可以去了解看看，起。

「三樓不是需要很好的學經歷嗎？我妹之前也短暫待過Ｗ＆Ｌ，她說月薪不高，只能靠業績往上爬這點讓她有點生氣吧。她說三樓不是隨便可以上去的地方，看來妳比想像中更有能力呢？」

比想像中？承。

「我聽時靜小姐說，仁智小姐也不是對我沒有意思，這程度的顏值也不錯了，也有能力，我其實也沒有非要甩掉妳的理由，反正也不是甩人就會變得更有身價，就交往看看吧。」

這渾蛋真的，我用手勢要他低頭，轉。

「別人都講話了你總要聽懂吧？想死嗎！你去跟時靜那個賤女人講，她要是敢再講這些五四三，我一定會劃開她的頭！還有你！沒能力就算了還倒人胃口，如果沒事幹就乖乖待在家裡做年糕，家庭手工，好嗎？」

我拿著我的飯碗走到同事那桌，合。

5

我以為講到這個地步就夠了，我相信我已經講得這麼過分，他肯定會放棄。但嚴泰成已經連續一個星期到我們公司大門口上班了，他似乎希望我先走向他。看起來應該是堅信沒有十次也砍不倒的女人吧，如果可以，我還真想把那句話先從這世界上除掉。就算是斧頭也要看斧頭的大小，如果拒絕了十次最後還是接受，不就是放棄的意思嗎？因為放棄而締結的愛情真的會幸福嗎？乾脆拿那把斧頭砍我喉嚨算了。嚴泰成的這番舉止也讓常務變得很敏感。

「一直做出引人注目的行為不太好。」

這裡的人都有關注男女關係的職業病，不能讓二樓員工們好奇那個拿蛋糕的男人到底要找誰，不然那股好奇心會蔓延到ＮＭ。被他們記住長相沒什麼好處，畢竟我們也不知道以後會到哪裡出差。必須避免那種鄰居偶遇出現「喔！你好？」等問候的不祥之事發生。但現在開始有人會偷瞄我了，一方面也是託了他那張漂亮臉蛋的關係。

「要我們幫你解決嗎？」

「我來處理。」

我待了一下，看到站在正門門口的嚴泰成，他依然拿著年糕蛋糕盒。但我為什麼就是無法純粹地接受這個男人呢？第一眼見到他的瞬間，我肯定感受到了什麼，但我不知道那是什麼感覺，實在抓不到那個讓人感到心頭一沉的點。分開之後，我也老是甩不掉我是逃離他的心情。為什麼呢？這個做著送不出去的年糕，但卻每天都沒落下的男人，他可能是覺得這會讓人感到浪漫，但為何我卻渾身起雞皮疙瘩呢？每天早上過篩米粉，把放進蒸籠蒸過的年糕放進盒子，但我為什麼會有這像是把每天早上用磨刀石磨完的菜刀放進盒子的感覺呢？因為我討厭那個人，腦中把各種可怕的想像都做過一輪了。我得盡早脫離這個狀況，繼續拖下去對彼此都沒好處。我走向嚴泰成，他扭扭捏捏地迎接我。

「今天有空嗎？」

「我們聊一下吧。」

我先走進公司對面的咖啡廳，然後隨我開心點了兩杯美式咖啡，我現在沒有心情顧慮他的個人喜好。接過咖啡後，我找了角落的座位，把咖啡放在嚴泰成面前，我沒有要跟他一條條慢慢算帳，所以我立刻直奔主題。

「我們公司正在關注你。」

「既然是婚姻仲介公司在關心我，我們應該很快就能連結在一起了吧。」

我靜靜看著他，他是想跟我結婚嗎？體格漂亮，臉也長得俊美，擁有一張像是有錢人家第二個兒子，衣食無憂的教會哥哥顏值，但他卻沒有配得上這張臉的格調。你不要開口講話，只要開口就會露出本性，面具應該要戴在嘴巴上。這個男人也知道自己長得帥，這種人生該有多舒服啊？就像聰明人解微積分的時候非常輕鬆一樣，用那張臉接近挑剔的女人肯定也沒有失手過吧？做相同行為但看起來會不一樣這點是他非常大的特權，之所以一直來找我這種難搞的女人的理由太明顯了，他說他妹妹以前在W&L工作，肯定是曾經聽說與NM實際截然不同的資訊。那股朦朧感也讓他的想像更加擴大，他想必也預料到，只要他繼續出現，就會迎來像今天這樣的日子。好，到這邊應該都符合你的預期吧？接著是覺得我們要進入打打鬧鬧，我拗不過你就答應交往的階段了嗎？

「要跟女人交往不是這樣的。」

「什麼？」

「你以為女人的口袋是你的提款機嗎？」

「妳說什麼？」

「給我滾！渾蛋！」

嚴泰成一瞬間有點慌張，但很快又露出淺笑。詐騙的渾蛋，你還笑？我拿著我的咖啡起身，既然已經看出他的真面目了，他應該不會再靠近我了吧？我把咖啡杯拿到回收區丟掉，走出咖啡廳。嚴泰成沒有任何辯解，也沒有跟著我出來。但我老是有種嚴泰成的陰險笑聲黏在我後腦杓的感覺，為什麼會這麼不舒爽呢？

依照常務委託NM資訊組調查的結果來看，嚴泰成比想像中更糟糕。他主要參加烹飪、插花或串珠工藝等，以女性參加為主的講座。因為男性相對較少，他更容易受到矚目，也更容易用相同的興趣接近女性，自然而然地，就能跟他的目標女性一起去登山，表現出隱隱的親切態度。用這種方式發展關係後，在愛情即將來到最高點時，他會提出一起創業的提議，接著就會來到更火熱的熱情期，當開始渴望想要一起燒死也無妨的空間，他就會開始動女人的荷包。女人會掏出她所有的錢，等著對方打造出專屬於兩人的空間。他最卑鄙下流的行為是會返還部分的詐騙金，帶著大概三分之一的金額出現，哭訴自己被騙了，自己的住處也退掉了。大部分的女人又會再把那筆錢的一半給他，既然知道對方處境，就不能自己用這筆錢了。不用錢踐踏愛情是女人的自尊與純情，所以幾乎沒有人報案。拜託你放過那些善良的女人吧，靠，除了有報案的那些人，還有多少女人被他騙呢？真是我連一秒鐘也不想要待在一起的男人，常務則是抓著那些被害者和那傢伙一起罵。

「這些神經病為什麼要在奇怪的地方賭上自尊心啊？」

讓人愛上，因為愛才會變成神經病，我懂常務在講什麼，我也不能理解那種女人的心態，但因為有點留戀的愛情就把人講成神經病也不對吧。要用什麼辦法阻止以詐騙為目的而靠近自己的人呢？如果要罵，希望只罵嚴泰成就好，畢竟那些人都還是受害者啊。

「對了，盧次長，妳的前夫申請復合了。」

呼，我今年冬天好想做內勤，在家度過喔，所以我才說希望能暫時把我從名單拿掉，結果卻來了復合申請。

「什麼時候開始？」

「看起來是希望不要等太久。」

「等我準備好再跟您說。」

「也不用太急。」

「好。」

「妳知道初婚後復合的績效分數很高吧？妳做得很好。」

常務輕拍我的肩，回到座位。好奇怪，我在NM裡遇到的怪人，一般狀況下我都會忍耐，但為什麼對在NM外面遇到的怪人就忍無可忍呢？即使我沒有因為他們而繼續在這個世界停留，也變得開始埋怨他們了，因為那些人一直破壞這個明明放任不管就會自己變很漂亮的世界。愛情，不做這種事也沒關係，希望他們不要再打擾那些安分的人了。被嚴泰成弄得我太疲勞了，我要去個可以安靜做事的地方，我為什麼一直想逃離NM呢？

6

我久違的自己洗車跟打蠟，每次出差我都會把車停在公司地下停車場，已經開三年的車里程數甚至還沒超過一萬公里。這次旅行應該就能超過了吧，因為是心不甘情不願的旅行，我盡可能不改變車道。就像想馴服新車一般的上了高速公路，乖乖的把時速控制在一百公里內駕駛。出差前還是見個面比較好，必須用最簡短的報告避開媽媽的呼叫，如果連這件事都沒做到，我就得聽媽媽單方面的「對話」。這是從來沒有出現過成果或結論的對話，曾經提高嗓門，也曾經暫時離開現場，但媽媽仍然一如既往地說著不行，就是不行，以後也不行。現在我知道怎麼避開她了，表現出知道什麼事情不行的模樣，各自不行的型態不同，也不合拍那也別無他法，但如果我這麼做，至少在外人眼中，我們才像是一對平凡的母女。我看了眼標示牌，怎麼已經到這了？就像疲勞駕駛一樣，毫無感覺地開著車，提醒施工但長得噁心的人體模型搖晃著安全指揮棒，穿越了幾個漫長隧道，但沒什麼很鮮明或意識到自己開車的記憶。我呆滯地開了四小時的車，背脊不禁發涼，不想抵達的目的地為什麼會這麼快就出現呢？我埋怨著一路不塞的路況，車子好像跑得太順了。

經過收費站後立刻抵達市中心，這是個小巧玲瓏的都市，也看到哥哥上班的超市，但門口冷清得讓華麗的萬國旗和大特價布條失色。A市面積雖寬廣，但人口數不到十萬人，是個市區市場和鄰近村莊的市場非常活躍的地方。甚至五日市集是每個村子約每三、四天就會開一次，再加上本來就是很有人情味的地區，多送東西也不是什麼難事，所以一般的超市促銷活動對居民起不了作用。哥哥到目前為止還沒獲得什麼豐碩的業績或成果，但父母都喜歡這裡，以前都住在都市裡，對於逛傳統市場買零食、準備冷飲這些事都覺得很新鮮。想去吹吹山風就打包便當到智異山山腰上的休憩處吃完才回來，可以一直眺望山脈生活，不用登頂好像也沒關係。小溪對面有一棟公寓，原本還嫌住公寓無聊，結果又是公寓。坐在花圃的媽媽看到我的車起身，我緩緩將車開向她。

「這邊，停這裡。」

我把車停在媽媽指的地方。

「吃飯了嗎？有沒有吃點什麼？」

「大概，爸爸呢？」

「他等等下來，他說要帶妳去逛市場，還在精心打扮呢。」

媽媽打電話給爸爸，我頓時腿軟，我才剛到就要去市場？我也沒刻意挑日子回來，但剛好今天市區市場有開。爸爸很快下樓，他穿了一身西裝甚至戴了費多拉帽，這看起來不是要去市場的打扮。

「大家肯定都精心打扮，要遲到了，走吧。」

結果我又把車開到市廳前，鄉下的市廳感覺都長得差不多，建築物不高，停車場很大，花圃布置得很可愛，入口處有地區觀光的服務所。市場離市廳不遠，原本都有開的傳統市場再加上五日市集，整條路邊都被商人占據。是因為A市的人都聚在這裡，市區才會這麼冷清嗎？湧入宛如年末明洞街頭的人流，有種全國老人都聚在這裡的感覺。從公車站牌下的爺爺奶奶隊伍來看，這開一兩臺公車來接都不夠。我首先對市場感到讚嘆的部分就是停車場和廁所，特別是廁所，完全像是迎接客人的住家一樣乾淨漂亮，我原本對傳統市場的誤會與偏見也瞬間煙消雲散。爸爸率先穿過人流走進市場，因為有很多值得看的東西，我實在跟不上爸爸的腳步。那個長得醜醜的甜甜圈聞起來很好吃，麵團在油裡裂開，先吃吃看吧，但不曉得老闆娘是不是把五千聽成五萬元，一直把甜甜圈裝進袋子裡。

「那個，我只買五千……」

「如果吃完還有剩，放進微波爐加熱三十秒再吃。」

我邊吃甜甜圈邊走，好好吃，外皮酥脆，內餡溼潤有嚼勁。地上的大水盆裡的泥鰍比水還多，分量超多的草莓也只賣五千元，實在是讓買的人感到很抱歉的價格。光澤不錯，香味也很濃郁，感覺買一萬元回家榨汁泡澡都沒問題。我在很久以前去過的市場和知名五日市集讓我非常失望，那邊反而比超市還貴，有很多在哪都能找到的觀光商品，還一直說這是誰來過的店，貼著布條的餐廳的攬客行為也讓我感到不自在。這裡沒有那種貼布條的餐廳，但人多得不輸哪個聲名遠播的市場，也充滿著鄉下特有傳統市場的感覺。這裡的人說話有特別的語調，一直聽下去會有種在大院子聽唱戲的感覺。媽媽站在她很常來的小菜店門口，老闆娘看著我。

「是妳們家孩子嗎？」

「我女兒，從首爾回來一下下，要買點小菜給她打包回去。」

媽媽買了紫蘇葉泡菜、沙參醬菜和甜瓜醬菜。老闆娘又多放了點已經給得夠多的紫蘇葉泡菜，蔥泡菜是送的，媽媽抱歉地搖搖手。

「都來傳統市場了，當然要給點撒必蘇才對味啊。」

爸爸野心勃勃帶我去的地方是血腸湯飯店，入口有堆得像山一樣的圓胖血腸和白煮肉，站在店門口的老闆認出爸爸。

「一位是夫人，這位是誰啊，是沒見過的孩子耶？」

「我女兒，你沒有這麼漂亮的女兒吧！」

「你要是看到我們家老么肯定會嚇歪的，不要堵在門口，快坐下。」

餐廳裡滿是並肩而坐的客人，有個奶奶拿著鹽巴袋，填滿桌上一個小罐子，她的動作自然到我以為她跟老闆認識，結果只是一個被拜託的客人。有個美得會讓人嚇歪的漂亮女兒的老闆遞上血腸，是內餡全用牛血塞滿的血腸，我沒看過所以有點驚訝。我不吃牛血湯，但還是把血腸放進煮滾的湯裡吃了一塊。湯裡軟爛的牛血不合我的胃口，我只挑出血腸，放進爸爸的碗裡。血腸湯裡的肉是多得令人懷疑是不是失手，不管怎麼吃都吃不完。我以為鄉下會在泡菜加很多魚醬，但吃起來似乎比媽媽加得還少，小菜也不會太鹹，很清爽。

「這裡不管什麼都很好吃，感覺都是些手上塗著醬料出生的人。」

媽媽認為這裡的料理是全國最美味，除了食物好吃，人也很好，不會對外地人太壞或嚴格，原來這個小地方還有這種隱藏魅力啊。吃完血腸湯我繼續逛市場，離開時我手上已經拿滿了東西。只要出現「那是什麼？」的念頭，東西就會自動上手。媽媽說她第一次來市場也是這樣，想著「感覺很好吃」、「很不錯」、「好便宜」，結果汽車後車箱就被塞滿了。

「都不曉得妳媽有多愛買，便宜的話應該連那些老頭都會買回家吧。」

「你這傢伙不要對小孩子亂講話！」

白天去了市場，晚上沿著下游步道散步片刻，一天很快就過去了。爸爸拿著被子走到客廳，我和媽媽一起躺在床上，真的好久沒跟媽媽一起睡了。

「這次要去中國嗎？要好好吃飯。」

「聽說中國有很多好吃的。」

然後就沒話講了，只要跟媽媽在一起，我的話就會變少。

「不要只幫別人牽線，也要找妳自己的伴啊。」
「是啊。」
「一定要找個像妳哥一樣的男人。」
「……」
「像妳哥那樣腳踏實地又帥的男人上哪找？」
「我看市場裡隨處都是啊。」
「妳這孩子真是……我都是為了你們而活的，以後記得還。」
媽媽說的話沒有入耳，而是在空中蔓延。媽媽說她是為了子女而活，爸爸說是因為孩子們可憐才活，哥哥跟我就這樣莫名變成不懂事的子女。媽媽因為面子問題成為了望夫石，爸爸則是因為沒有其他更好的備胎而回來的丈夫。我瞄了媽媽一眼，她臉上充滿著無聊，爸爸則是隨時都像在生氣一樣，總覺得好像漸漸變成了陌生人。雖然在我眼中，他們看起來比陌生人更像陌生人，但在他人眼中，他們應該是膝下有一雙子女的和睦夫妻吧。我跟哥哥也沒反對他們離婚，到底為什麼要過這種生活呢？我反而覺得不受這種虛無飄渺的關係糾纏，堅強地獨立生活的鄰居奶奶看起來還更幸福。我們家就算什麼事都不做也會累積好多疲憊，好睏。

我作了一個夢，夢裡我在頭上別了大紙花，穿著有好幾層裙子的華麗洋裝跳著民俗舞，我輕輕抓著裙襬尾端向大家致意及轉圈，最後是媽媽出現在我面前。妳來啦？驀然回首是不是沒什麼大不了？是個令人嘴巴僵硬，說不出話的痛苦夢境，把我從那場夢叫醒的人是哥哥。

「我要去上班了。」

然後他塞了購物袋給我，裡面有超市贈品四個頸枕跟平板充電器。雖然很謝謝他還記得我的充電器接頭歪了，但這不是正品，是盜版。然後他還叫我從中國回來時記得買支名錶給他。

「我會買個一萬塊的勞力士給你。」

「記得善用免稅店，知道嗎？」

嗯，頸枕有橡膠的味道。

「你們的贈品也未免太廉價了吧？」

「充氣之後放一陣子，味道很快就會散掉，路上小心。」

哥哥走出房間，我放下購物袋，立刻踏進浴室，因為我要是繼續拖拉，就得吃媽媽的早餐了，那就像在寺廟靜默用餐的場合，令人十分不自在。我隨便盥洗後，只擦了點防晒就穿上鞋子。雖然對為了好久不見的女兒一早起床準備早餐的媽媽很抱歉，但我也沒辦法，畢竟如果對對方感到不自在，就會連食物也有那種感覺。爸爸和媽媽到停車場送我，爸爸把昨天在市場買的小菜放進後車箱。

「空腹上去不好吧？要不要跟爸爸去吃泥鰍湯再走？」

「昨天吃很多了，沒關係。」

「沿途記得繞去休息站吃點東西。」

「嗯。」

「出差的時候要小心喝水。」

我微微點頭附和媽媽的叮嚀，緩緩踩下油門。來這趟算是不得已，本想說離開時心情會不會好一點，但依然沉重。

「怎麼統統都這麼好吃啊。」

奶奶試吃了媽媽準備的小菜，因為我要出差了，所以統統都送給奶奶了。

「看來妳媽跟老公一起吃好吃的，正在享福呢。」

「那邊真的很不錯，有機會可以去走走。」

「是啊……」

奶奶最近心煩意亂，兒子夫妻留下一屁股債把事業收了，甚至不顧自己的狀況，還放話要找那個年輕哥哥。但怎麼辦呢？奶奶說這是愛情。如果她們倆事業順利，會允許奶奶交往嗎？但就算如此，應該也還是看不慣奶奶的愛情吧。奶奶光是因為要照顧到很晚的孫子就已經夠辛苦了，即使聽了一大堆罵，也依然在顧孩子。但這又能怎麼辦呢？這是唯一的寶貝金孫啊。但至少她去重新霧眉了，是先把之前變成藍色的紋眉雷射處理後重作的。臉變得越來越可怕了，為什麼那對雙眼皮到現在還沒找對位置呢？再這樣下去，就算她說要買房子給年輕哥哥，對方也會逃走吧。

7

丈夫跟我立下婚姻誓約，專務朗讀了成婚宣言，有種急就章找來主婚人的感覺，你們也不想聽冗長的致詞吧？趕快結束趕緊吃飯吧。常務替丈夫和我戴上NM準備的結婚戒指，是沒有鑲寶石的14K線戒。跟上次結婚時收到的無花紋戒指不同，這次有梳齒花紋。兩枚戒指一起戴肯定很美，老公和我一起打開同樣由NM準備的香檳後結束了婚禮。因為是復合，流程也簡單許多。走出門，常務牽著我的手摸摸戒指，她用一張鼻頭紅紅的臉蛋說要我好好地、漂亮地過生活。必須要漂亮地好好生活才是，她就像個送女兒出嫁的媽媽。專務和常務一起搭的BMW經過蔥田，蔥田有一部分已經被刨開，那麼多蔥都去哪了呢？像花束的白色蔥花很漂亮，反而讓人內心一角感到空虛。丈夫手臂攬上我的肩，我也伸手環抱他的腰。

「我們新郎今天好帥。」

「我有特別準備啊，進去吧。」

我脫下沒有半顆串珠裝飾，只強調裙襬線條的白色洋裝。感覺第一天只穿T恤這種太休閒的服裝也不禮貌，所以換上一件版型很漂亮的居家洋裝。我是第一次續約，在同一個家解了兩次行李。早知道我會這麼快就回來，就不會把原本用過的東西丟了。我打開我用過的衣櫃抽屜，丈夫站在我身後環抱我。

「我本來還很擔心妳拒絕。」

「再拒絕就要退社了，用在你身上實在太可惜了。」

「早知道應該簽個三年約。」

「那我肯定會拒絕。」

「為什麼？」

「我也要換換口味吧？」

我連行李都還沒整理完，就開始製造火熱的回憶。這男人怎麼回事？這次結婚的設定是性愛成癮者嗎？我迎合著丈夫的身體，他這段時間可能都在隔音很好的錄音室看性愛片吧，甚至嘗試了與過往不同的大膽體位，甚至還特別注重前戲，讓我坐在他的大腿上。用一些簡短技術不斷變換體位，但都有種做得不盡興，半途而廢的感覺。這場特別的性愛究竟是什麼呢？接著他又快昏厥般地趴在我身上，雖然變得很多元也很大膽，但無法填滿的感覺還是沒變啊。又是為什麼要問我開不開心呢？你難道會喜歡我要吸不吸嗎？我拋下滿足於自己的新技術而躺平的丈夫，走進浴室，這男人為什麼要對這場婚姻這麼認真啊？

丈夫的酒品依舊，只要喝醉就一定會買酒回家。我現在也不把這當一回事了，也不想因為這種事感到壓力，然後又給他壓力。可以隨著心情變化選酒喝也不錯，下廚時也挺有用的。就算看過有人喝酒喪命，也沒看過有人買酒買到死，只是問題出在有很多酒能選著喝的趣味程度越高，腰上的肥肉也越來越大圈。雖然丈夫不太吃下酒菜，但我不配東西就沒辦法喝酒，所以丈夫說我像是個為了吃下酒菜才喝酒的人，再這樣下去，我好像會以三十腰迎接我的三十歲。雖然我也試過呼拉圈和跳繩，但我的贅肉依然堅定地擴張地盤。因為運動沒有顯著成果，也很無聊，所以我開始改拔院子的雜草。每天的行程就是訂下一個區域，不用機器，而是用剪刀剪草。就算一點一點慢慢剪，油漆桶也很快就被填滿了。丈夫說他今天要親自燒草皮，拿了報紙跟打火機出來。他點火，伴隨啪噠啪噠的聲音，火勢燃燒。

「我明天要去公司。」

「不是說要一起去看音響嗎，發生什麼事了？」

「常務說要一起吃飯，我下午出去，吃過晚餐才會回來。」

「那也沒辦法。」

劉代理最後還是把孩子拿掉了，她其實可以再多休息一下，但卻立刻來上班了。現在的她是需要安慰的狀況，如果連我們都對她視而不見，她就沒有可以依靠的地方了。明天的晚餐是為劉代理準備的，常務之所以把我叫去，是因為我是她的指導前輩。她從一開始就有點天真，當時就說就算一直拒絕會被退社，在出現還不錯的對象之前，她都會拒絕的。然後她遇到了第一個丈夫，因為看起來還不錯所以同意了，也有了對方的孩子，但卻不能生下來。她經歷一場太過混亂又痛苦的初婚，職場生活還真的是不如願啊，我把拔起來的雜草丟進油漆桶裡。

「老公，你在外面結婚的感覺怎樣？我可以問這種問題嗎？」

「既然妳都問了，就當作可以吧。就，有種我被行政處理的感覺。」

感覺一直在吹酒測機，要因為安裝在道路四周的攝影機，奔馳到一半得踩下緊急煞車的感覺，但因為沒有惡意，又不能責怪，責怪就像是在拒絕公益。每次都差不多是這種爭執模式。就不能這樣啊。不行。但你為什麼會這樣？不知道。你知道錯了嗎？知道。但為什麼一直犯下同樣的錯？同居時也有過差不多的爭執，但那跟在婚後展開的唇槍舌戰完全不同。他說對方那種「我是在法律上有資格矯正你的人」的感覺太強烈了，這讓他感到非常痛苦。

「結婚之後，生活大小事都被干涉，甚至連國家之間斷交也要管。既然兩個人都取得共識了，那為什麼非要去法院？不能像結婚登記那樣辦理悔婚登記嗎？他們以為這樣大家就會爭先恐後地離婚吧，但就算國家出面要求離婚，不離婚的人都絕對不會離，國家又沒有幫忙找一起生活的配偶的離婚對策。」

「不是就是因為沒有對策才會先阻止看看嗎？想到這點就覺得結婚還真累人。」

「我只是說我的狀況如此，怎麼？妳對結婚有憧憬嗎？」

「不知道，但如果說自己生病了，第一個跑來關心的人應該是丈夫吧？」

「也有很多是因為最後才出現而吵架的夫妻。」

丈夫把乾枯的樹枝折斷丟進油漆桶，淺淺一笑。他把自己的婚姻講得好像別人家的事一樣，像在無邊無際沙漠裡奔跑的婚姻，就算乘坐的露營車再好，也只讓人渴望綠洲的那種，更渴求綠洲似乎會存在於某個地方的茫然幻想。其他人眼中或許是擁有足夠的糧食與燃料而前進，但丈夫反而羨慕只帶著一桶水，坐在駱駝背上的人。雪上加霜的是，連露營車也抱怨著自己很累，說它不是適合跑沙漠的車。因為各自的原因而感到辛苦，對彼此再也沒有任何期望後就分手了。

「但至少你也不看他人臉色，還算是分得漂亮吧？」

「只講結論當然都覺得很容易，離婚就是即使途中可能會死，也還是要拿著一瓶水就離開露營車。也有連水瓶都沒有，但掛著一大串孩子也選擇離開的人。如果露營車處於無可救藥的爆炸前夕，那就該離開啊，不然該怎麼辦？如果待在原地就是一起死，總得嘗試過什麼再死。其實也有不爆炸的可能性，但我總不能因為懷恨在心而拔掉方向盤或戳破輪胎才走，那輛車如果遇到其他駕駛可能更會跑吧，天曉得。」

「那你跟前妻，誰是露營車？」

「兩個都是，一下子是駕駛，一下子是露營車，不斷反覆，這就是婚姻。」

「那你怎麼會成為ＮＭ會員？」

「因為我逃出沙漠了。」

「那現在就不需要綠洲了吧？」

「只要不是沙漠，處處都是綠洲。」

丈夫放下夾子，把我推到院子裡的桌上。在昏暗靜謐的晚上，我因為丈夫火燙的熱情有點慌張。看來現在的我就是他的綠洲吧，我乖乖的把身體交給丈夫，你幸福就好。但靠在桌面上的肚子太涼了，人生第一次嘗試的庭院性愛也未免太不舒服了，粗糙的桌面感覺快把我的肉刮下來。我說了聲等一下，接著起身。我看乾脆靠著桌子坐會更好，我坐在桌上，把一條腿伸到椅子上，說了聲「來吧」，丈夫興奮地進入，也興奮地射精了，他難為情地抱著我笑了。

「晚點再繼續吧，妳在這裡把腿抬起來真的太刺激了。」

我淺淺地笑著把掛在一條腿上的內褲和褲子穿好，丈夫的精液從我體內流出，下面很溼。該趕快去洗澡了，如果有拿一條手帕出來可能還好一點，難道現在連院子也要放衛生紙了嗎？正當我想叫丈夫先進去時，門鈴響了。

叮，叮，叮，問了是誰也沒人回應，只是不斷地按著門鈴。丈夫跑去應門，有個人站在門口，但被丈夫擋住了，我沒看到對方的臉。

「請問你是？」

他沒有回答，丈夫轉身看向我，我這才終於看到對方的長相。嚴泰成，我一陣頭暈。感覺土地瞬間把我體內的血液全部吸走，那個男人為什麼會在那？他依然提著那該死的年糕蛋糕，你到底為什麼要這麼做？是讀不懂他人情緒的人嗎？不是，感覺是不在乎他人情緒的人才對。他露出家訪業務的笑容向我打招呼。那個男人的處之泰然與快活有種莫名的演戲感，丈夫露出「妳認識他嗎？」的眼神，我簡單說明是之前的相親對象。

「要進來嗎？」

丈夫稍微閃身，嚴泰成在院子裡張望一陣才進來。我盡可能想在院子的桌子把這件事情了結，但在我躊躇之際，丈夫和嚴泰成已經過桌子，油漆桶的火苗漸漸熄滅，開始飄出些微的煙霧。清幽適合牧歌的風景令人鬱悶，那個男人，讓人感到窒息。

我引導嚴泰成到客廳後，急忙拿了啤酒。因為是不速之客，我就沒額外準備下酒菜了。我將盛著啤酒的托盤放在桌上，嚴泰成把年糕蛋糕盒推向我，看起來跟時靜帶來家裡的盒子一樣，他們倆是合購嗎？不由分說地衝來別人家，甚至沒犯空手而來的失禮。

「這是我早上才蒸的。」

「謝謝。」

我看了一眼年糕蛋糕盒，把啤酒放在他面前。該拿這男人怎麼辦呢？他又是怎麼知道這裡的？難道是偷看這場婚禮，偷偷計畫了什麼嗎？他想來跟我討有夫之婦還出去相親的撫慰金嗎？我難道有誘惑他上床嗎？就算真的睡了又怎樣？通姦罪已經廢除了，混帳。又不是把我偷偷叫出去恐嚇，到底是想幹麼才會闖來？丈夫靜靜地喝著啤酒觀察狀況，這是我必須解決的男人，我真的討厭這種不斷重啟的狀況。就像壁球一樣，你揮擊力道多大，球的反彈力道就會多強，如果豪氣對牆攻擊，最後還是我自己受難，我光是看到這個男人的登場就已經洩了氣。

「你應該有來這裡的目的吧？」

「裡面看起來更不錯耶，看起來建坪還挺大的，是為了自住才蓋的房子吧？但這裡太偏僻了，要賣可能會很辛苦。」

與我的提問無關，嚴泰成開始說著這個家的收尾建材和庭院的活用度。我放任他講，然後又因為他這荒謬的若無其事起雞皮疙瘩。我這段時間都跟一個精神不正常的人交手，是即使我用蠻力趕走也還會笑著重新出現的人。他也沒追問我有夫之婦的身分，我也不想給自己找麻煩就沒多提。我不想對已發生過的事一一追究對錯，也不想讓自己跟他有更多累人的糾纏。以後才是問題，我在他滔滔不絕講著庭院住宅菜田用的蔬菜時打斷他。

「你看起來不像是要來送年糕的。」

「喔對對，我是為了那件事來的。」

「什麼事？」

「我不是騙子。」

「什麼？」

「我也想了很多，但實際要解釋卻好複雜啊。如果聽起來胡言亂語也請妳體諒一下。嗯，我是有去年糕講座沒錯，也跟那邊的人一起喝茶，也聊了各式各樣的話題。我應該是說過什麼……為何女人說要介紹的對象都很奇怪之類的話吧。對，我有說過，但那只是開玩笑的。然後時靜小姐就生氣了，她說她有個條件太好都不想介紹給任何人認識的好朋友，所以我才會回說，通常講這種話而介紹的女人都是最糟糕的。我跟她爭論了好一會，最後才認識了仁智小姐，是經過身邊的鼓吹，事情才會變成這樣的。」

原來如此，這是嚴泰成之所以跟我見面的原委。

「就像用削下來的肥皂做成的人那樣，滑溜滑順的，很不錯啊，這就是答案。」

「但你為什麼要一直來找我？」

「我只是去看看而已，也沒妨礙妳工作啊。」

嚴泰成喝了口啤酒，還打了個噴嚏，笑了。

「真好笑，啤酒好喝耶，溫度也剛剛好。對了，我一開始是要講什麼？騙子啦，對，我不是騙子。妳以為我一直去公司是覬覦妳的錢嗎？不是的，我只是出於好奇，所以說妳為什麼要這麼討厭別人呢？為什麼討厭我？我做了什麼？」

我喝了口啤酒，我終於知道我一開始身體所感受到的恐懼是什麼了，就是住在自己體內最深處的人。其他人無法穿破那層保護膜，這也是我的強力拒絕對他無效的原因。他就像在演單人劇一樣，自己聽自己講的話，並對這番話表示同意且採取行動。感覺我有丈夫也不是重點，我們只是單純的觀眾，必須繼續關注他的劇碼。他毫無共情能力，也很單向，完全在自己建立的秩序中行動，也不知道這是所謂的無禮，這也不是跟他吵就能解決的問題。這程度根本是反社會人格了吧，雖然他都講一些容易讓大家發笑的話，但看到他本人，根本不是笑得出來的事。

「但妳辭職了嗎？還是三樓的員工可以在家辦公？妳不會回答我吧？哪時候回答過我了。但我真的不是騙子，雖然這也不是重點，反正呢，我只是想知道妳到底為什麼討厭我？一看到我就生厭是什麼意思？難道我做了什麼事嗎？我不是要跟妳爭辯，只是好奇而已。對了，要不要看一下那個年糕？我用紫米粉繞了圈，看起來很穩重，很不錯。」

為什麼討厭你啊，我該怎麼講才好呢？就是討厭這個存在本身啊，如果講得出合理的理由，那當初他就會接受嗎？他就是個一般合理性失靈的人吧？就算真的把討厭的部分去除了，他也不是我會有好感的人。真可怕，我已經盡可能拖時間了，救援隊為什麼還沒消息呢？聽說這家業者出動很慢，也未免太誇張了吧，希望他們快來把這男人拖走。我拿著一瓶啤酒，傳了求助訊息給常務，內容是嚴泰成闖入現場，但到目前為止還是杳無音信。

救援隊在嚴泰成又繼續花式稱讚了年糕好一會之後才到，是常務跟兩個男人一起過來。表現得像是之前就跟我有約的人，輕快說著「抱歉，有點遲到了。」就進門，接著欣然地向嚴泰成打招呼。

「喔？怎麼在這裡也見面啦？」

常務對同行的男士介紹嚴泰成，男人欣然伸出手，變得難為情的嚴泰成畏畏縮縮地伸出手，然後立刻被折了手臂，遭到壓制。另一位男人用手帕摀住他的口鼻，看他無力閉上眼，手帕應該是沾了強力麻醉劑吧。真是沒想到會有人被這樣拖走，真的是一瞬間發生的事，兩位男士把嚴泰成塞進睡袋，直到離開都沒花太多時間，看起來就像是獵捕了一頭抓狂野狗的感覺，常務對丈夫致意。

「很抱歉來晚了。」

「沒關係。」

我為了送常務出門，走進院子。

「對不起。」

「沒關係，我會好好處理的，妳肯定嚇壞了。」

「對……」

「但妳還是很沉穩，處理得很好。」

「但那個人……」

「就說我會處理了，快進去吧，丈夫在等妳了。」

世界怎會這麼粗暴呢？連我這種咖都沒辦法評論，所以我只能裝出若無其事的笑容，這裡是ＮＭ的世界。我把在壓制嚴泰成的同時變得一團亂的桌子整理乾淨，這個家裡必須沒有任何其他人的痕跡，翻倒的啤酒，年糕蛋糕盒也掉到地上，丈夫搶走我拿著的托盤，又放回桌上。

「妳怎麼不多給那個男人一點關注呢？」

「尊重一下我的私生活吧。」

丈夫把不知不覺變硬的性器塞進我的體內，遵守了他在院子的約定。有個男人被送上警笛沒響的救護車載走了，看來應該會有段時間必須用無親無故的身分在療養院度過，搞不好也會在那裡變成重症患者。他肯定會覺得委屈，但是嚴泰成先生，他們是不會允許你這種人存在的，也不喜歡有人引起這種騷動，他可能會在完全打不起精神的狀態下出來，ＮＭ會把他在外面所做過的一切統統變成謠言。喜歡嗎？嗯。他在把丈夫弄得如此「性」奮後，結束了今天的驚喜而離開。在我一開始拒絕時就離開不好嗎？ＮＭ救援並不是為了員工所進行的，而是完完全全提供給會員的服務，完美阻絕任何可能讓會員不方便或礙手礙腳的一切。今天的丈夫真的瘋了，喜歡嗎？嗯。

劉代理聽著我說的話笑了，ＮＭ是暫時性的愛情，我們不能忘記自己是ＦＷ的事實。這是只在指定期間內才被允許的愛情，當陷入以為自己特別的錯覺時就會出事，對會員而言，我們都只是一樣的ＦＷ而已。

「我第一次看到這麼討厭孩子的男人。」

搞不好只是討厭從我們身體出來的孩子罷了，他如果能這麼說就很感恩了，他如果願意這麼說，就能這麼想，畢竟這是對劉代理的最基本禮儀，如果連這都被否定就太痛苦了。連生孩子都不被允許的身體，就會讓自己變得無法去愛那副身體。今天如果對方是其他男人會是如何呢？我們也不是隨便就幫男人生孩子的，也不是所有的性愛都是為了傳宗接代。務必守住寶貴生命的這種話，只有善人的善良之心才能予以尊重。對那些慫恿生育和送上恭賀花束的人，沒有什麼值得期待的。我也不會因為劉代理最後仍然沒有生下孩子而批評她，畢竟我也還沒成熟到會去指責我輕視生命的人。我看到劉代理流淚，她肯定很痛苦。

「雖然很動搖，但就像某人說的，我會把危機製造成轉機的。」

這種話到底是自我安慰還是糊塗呢？就我個人遭遇來看，危機就只是危機而已。危機會變成轉機的機率微乎其微，所以沒有機會把它變成機會，反而還會因為受困於危機之中讓判斷失準，無法預測在那個曖昧模糊的判斷後的痛苦。我選擇抓住NM獵頭的手不是逃脫也不是機會，只是一種危機的移動。沙漠不只存在於丈夫的婚姻生活，對我而言，我的整個世界都是沙漠，是能活下來反而更神奇，對於他人的渴望淡漠得讓人害怕的地方。我渴望喝一口水，但我的嘴裡連唾液都已乾涸。我低頭就想趁機打斷頸椎，一抬頭就想用一把鋒利的刀砍喉嚨。到底渴望什麼呢？服從？有很多人以為自己成為社區小隊長就可以目中無人，就算深陷於沙中，不能照我想走的方向繼續前進嗎？NM是掩蓋虛偽的沙漠，NM外面則是用虛偽包裝的沙漠。在我很小的時候，我相信著只要成為大人，世界就會了解我。然而，成為大人之後，反而是我了解了世界。我好像知道劉代理之所以急著回來的原因，外頭的世界又何時展開雙臂歡迎過我們了？燒酒爬過我的喉嚨下肚。

常務為了炒氣氛，提到目前NM婚姻中某位會員的故事，是我的第三位丈夫。雖然他在外面是個擁有真摯形象的小說家，但在NM是被選為前幾名的喜劇人物。這次他和年輕嫩妻在深夜巴士開玩笑到進了派出所，司機從後照鏡看到，覺得很可疑就把車停在派出所旁邊。看到他跟像孫女的女人深吻該有多驚嚇呢？後輩很快就打給常務，幸好這裡距離常務住處不遠才能馬上善後，要不然肯定會鬧出很有看頭的新聞。常務提醒了會員，結果對方說他只是想試試看，想試試看而已。真是的，這老頭是怎樣！

「那這件事是怎麼處理的？」

「就說是妻子啊，所以只給了口頭注意就結束了。但我看其他人都不太認識那位作家，講了名字也不認識。那位算是大器晚成，也是辛苦。盧次長那時候呢？我看報告好像沒什麼大問題。」

「馬馬虎虎吧。」

這是有過最多夫妻爭執的一場婚姻，我應該把這輩子要講的髒話都在跟他生活的時候講完了吧，這對於把髒話成天掛在嘴邊的人而言可能稱得上是什麼榮耀。但我之所以沒有打包行李回家，都是因為他偶爾會出現一些可愛的面貌。因為是沒什麼戀愛經驗的單身漢，他一直忙著解放他這段時日無法獲得解決的性需求，可能覺得就這樣死去會很冤枉吧。我甚至曾因乳頭爛掉擦藥，我把軟膏拿給他看，叫他暫時不要動我上半身時，他居然靜靜地問。

「那寶寶在擦藥之後都怎麼吸奶啊？這不是可以口服的藥嗎？」

「你說什麼？」

在還很年輕的時候，他很害怕自己的名聲毀掉。雖然他想和稱職也能一起堅守那份名聲的女人交往，但他的眼光比他的名聲更高。這就是他孤獨生活到需要擔心出現舍利的原因。和那種女人交往就跟他死後會出現舍利一樣丟臉，如果是其他人也覺得不錯的女人，他們通常都會成為帶著早安咖啡來到床邊的丈夫。只是那種女人大部分都成為其他男人的妻子，留在他身邊的反而只剩即使會為他準備十二碟菜，他也看不順眼的女人。時間逐漸流逝，就連願意只幫他準備簡單飯菜的女人也消失了。他開始被懷疑為什麼至今還沒結婚，甚至過了那個時間點後，就進入找離婚男還更好的時期。在ＮＭ自主調查中，比起沒有結婚經歷的單身男，反而更多人喜歡離婚男，「感覺會很獨善其身」的原因是壓倒性的高，其他意見也包含「比起有婦之夫，性魅力也比較低」。其實我們私下也笑說其他意見才是第一名吧，單身女的調查結果也沒有太大差異，但對於沒有結婚經歷的單身女的騷擾和戲弄都比男性更嚴重，會把她們講成不是不結婚，而是結不了婚的女人。同為女人所帶來的傷害也是不容小覷，「沒結婚嗎？」，有很多單身女都碰過把結婚當成官職放在肩上的女人，離婚女的結論也差不多，她們也遇過不少因維持婚姻而形成優越感的女人，然後還說「我有講錯嗎？」這種椎心刺骨的話。沒有說錯，只是有點神經罷了，所以才會覺得嘗試結婚再去後悔比較好吧。總之，期滿離婚之後，我開始接連收到與他差不多年紀的申請。因為我已經對他太厭倦了，所以不斷地拒絕，雖然薪水會依照不同的年齡差距而提高，但我再也沒有能負荷的信心。對他來說，NM是什麼樣的世界呢？我在期滿離婚後寫報告時，我像他一樣反覆著塗塗寫寫的過程，他雖然不算是好配偶，但也沒辦法把他寫得多負面，我不斷想起他自言自語般說過的話，是因為那時候沒能把愛用完……

看來這位作家越來越嚴重了，應該是還吃藥要把性器用到磨損消失的程度吧。這不是藝術家天生的孤寂，從結果論來說，是他自己挑著挑著才迎來的孤獨，所以才積累了很多對於性的遺憾。他也不是完全沒有戀愛經驗，雖然有過覺得不錯而交往的對象，但他還是覺得自己更好，用知名小說家的優勢巧妙地輕蔑對方，最後導致女人咂舌離開。他們之間沒有過性行為，但也曾有過難分難捨的約會，甚至也聽說過這是小說家才有辦法談的戀愛，然後，他很快就開始聽到不順耳的話，例如只會寫作而已，也沒什麼拿得出來的東西。但他們還是常常上床，在他某天突然覺得自己在對方面前脫衣很可笑之前。然後某天，對方可能也覺得要在他面前脫衣服很可笑吧，只留下一句「跟好女人交往吧」的話就離開了。舍利已經沒指望了，收屍的人會不會被磨到消失的性器嚇到呢？我不知道小說家的收入如何，但他畢竟曾經是光靠名字就能賣書的人，沒有亂花錢的話應該還有不少財產，但他如果繼續維持NM的婚姻生活，應該很快就會荷包見底。這是成癮，那當時到底是想要我怎樣才會那麼做呢？是在簡陋的閣樓搖身一變成為清廉的小說家嗎？也有些作為中產階級渾渾噩噩生活，開始欠繳會費，也有因為缺婚姻成功資金而自主退會的會員，雖然他們很念念不忘的繼續聯絡NM，但NM的回答很簡單，請進行法定結婚，這是最便宜的方法，同時也不忘提供很有價值的建議，如果幸運搞不好還能免費蹭坐在那個位置。如果碰到了這種狀況，那請一定要去登記婚姻，在法律上也能大聲說話，搞不好還能拿到一份自己的財產，等到那時候我們再談吧。我看這位老頭已經苦苦相逼到這地步，應該是沒指望了。常務表現得就像以前離開他的女人一樣咂舌說——

「晚年才過這種有夠骯髒性感的生活呢。」

「他覺得餘生太可惜了，所以才會看到軟綿綿的女人就控制不住自己，畢竟不知道何時還有機會再擁有。不是因為看著而開心，而是因為能摸得到而喜歡。就別把太年輕的孩子放進名單了，會很有罪惡感，也會受傷，會跟我一樣因為恐懼連跟他吵架都不敢。」

「我會參考的，對了，劉代理。雖然懷孕我已經用經驗不成熟打發過去了，但這種悔婚的懲戒強度很高，妳要有會被減薪的覺悟喔。」

「好，但可以快點把我加回名單裡嗎？」

「為什麼？先內勤，休息一下啊。」

「我沒有住的地方。」

沒有住的地方，我沒看到劉代理的表情，只看到她用大拇指摸著燒酒杯口，幾乎沒有人是因為家中生計問題才來當ＦＷ的，臉上顯露出貧窮或辛苦的人都會被獵頭篩掉，只把這個服務當成單純性交易而來的人，都會在ＮＭ結婚期間打退堂鼓，離開公司。雖然我們的年薪比一般上班族還高，但還是比不上頂級酒家女，有沒有錢立刻進來的樂趣，一樣得等待轉帳進每月供給帳戶的月薪，甚至這筆錢也沒辦法自由使用，因為簽約期間只被允許作為會員的妻子生活。總而言之，這是個有著非常多隱情的地方，我也不想一一探問，會這樣做都是有原因的吧，來上班難道還要揭露自己有什麼偉大使命感嗎？這種東西只要寫在自傳裡就好。才沒有什麼神聖或膚淺的原因，難道會因為理由夠神聖，格調就變比較高嗎？這也是我喜歡劉代理的原因，雖然她的生活完全值得抱怨，但她會笑著說「講這些又有什麼用？」。雖然出生了，但不清楚父母的存在，原本就是反覆出現與消失的存在嗎？她過著這樣的生活。是個連屋主也沒辦法輕言將她趕出去的淒涼孩子，但她也不會把自己的痛楚轉移到他人身上。

「我一直都是流浪著生活的。」

她高中時在幼兒園廚房一角架起屏風生活，狹窄的簡易床鋪是她的書桌、衣櫃，也是她的家。吃供餐阿姨替她多留的食物，幫忙打掃，還會跟等待晚到父母的孩子們一起玩。把圍裙毯子毛巾都放進洗衣機清洗，爬上黑漆漆的屋頂晾衣晒乾。如果下雨，即使是深夜也必須上去把毛巾收進來。畢業後，還幫忙課堂一些雜事，去野餐或校外教學時還會幫忙老師帶個人用品，還要陪孩子們去上廁所。然後就在某天，她驀然回首，發現自己已經坐在一個小小的陶土工房。她用幼兒園園長給的一小筆錢，找了個沒有窗戶的考試院房間，那是個用幾乎能聽見隔壁房客打哈欠聲的超薄隔板隔出來的窄房，但因她不曾有過能讓自己完全隱身的房間，還是覺得這樣就很幸福。作為工房學徒的生活也不算差，只要早點出門準備材料，再收拾善後晚點離開，就能獲得足以支付考試院房租的月薪。在如果作品順利賣出就差不多能換到有窗戶的房間之際，她爸爸出現問了句「妳有錢嗎？」。她即使已把自己擁有的一切都給出去了，對方還是留下一支電話號碼，要她有錢時記得聯繫，然後就此消失。來NM上班之前，劉代理打電話給爸爸，並把月薪存摺給了再次找上門的爸爸。常務問她為什麼要這麼做，她說她以為自己必須這麼做。

「所以妳爸有好好存錢嗎？」

「他電話號碼換了，聯絡不上。」

「那妳重新申請一個帳戶，他沒有資格用這筆錢。」

「如果結婚就沒關係啦，也有房子住。」

重回考試院的劉代理需要住處，她說她想安靜住在能從窗戶看外面的房子，只要是有這種能力的配偶，誰都好，她之前發下豪語說的那個還不錯的男人也只是這種程度而已。NM裡沒有劉代理會拒絕的會員，常務用指甲敲著桌子。

「妳真的到現在還是不知道那個人在哪嗎？」

「不知道。」

「怎麼可能不知道！」

「我一直都是這樣過的。」

常務從錢包裡拿出一張卡，放在劉代理面前。

「妳先搬去有窗戶也有衛浴的房間等著，我會直接放錢進去。」

雖然哽咽但我無法落淚，劉代理在笑，我怎麼能哭呢？

「謝謝，我一定會還的。」

「誰要妳還了？妳趕快先去重辦戶頭，月薪和每次的工資，我會分批發給妳。如果爸爸打來問妳為什麼月薪變少就轉給我，我會說是因為公司狀況不好減薪了。」

「好。」

「喂，我還以為妳是有錢人家的小女兒。」

哈哈哈！劉代理笑了。我跟常務也笑了，雖然在笑，但彼此都知道，我們互相都沒有講出更心底的話。因為太過沉重，光靠普通力氣是無法拉出那些話的。就算好不容易講出來，這也不是能跟其他人分擔的重擔，自己的負擔也已經很沉重，沒有還要多分擔別人壓力的理由。只能期待著彼此感同身受著「原來妳也壓力很大」而已。常務和劉代理提議要為我的幸福舉杯，我直到最後也還是無法問她那個已經湧到喉頭的問題，「那個人過得還好嗎？為什麼給我錯誤資訊？他看起來好像不是騙子，為什麼要這樣？」因為常務是我們的士官長，應該有必須這麼說的原因吧？乾杯。

我搭計程車回家，在車上看出去的車外風光總是遙遠，好像是一點也不適合我的世界。從我為了逃避媽媽，自主逃亡到NM後更是如此，不管我再怎麼掙扎，都逃離不了媽媽。不管是對年幼女兒伸出魔爪的爸爸，或是用熱熨斗燙人的媽媽，都能在服幾年刑以後回來了，我要用什麼辦法才能避開限制我交往的媽媽呢？對我而言是無盡美好的人，為什麼在媽媽眼中會是如此骯髒不堪？或許我到現在還愛著那個人也不一定，但我必須代替我媽道歉，對不起，我也不是完全不能理解我媽，接受那種教育，在那種環境下長大的人，會以為這麼做才是對的，無法接受想從一樣或類似的愛情逃脫的狀況。NM雖然奇特，但那是當時的我能逃離媽媽的唯一世界。

「不倫不類的，他更髒。」

我只希望她沒把對我說過的那句話，也對他說了。

9

結霜很快，草皮很快枯黃，寬敞的院子沒有半棵像樣的樹，十分荒涼。即使下雪也沒有雪花能停留的樹，大門旁邊的櫻樹好像是櫻花村土地銷售公司送的搭配用禮物吧，草皮還很翠綠時還勉強能看，但現在就像一座死去的院子。丈夫對於裝飾或妝點毫無興趣，我昨天還刻意去燈具店買了幾把聖誕樹用的小燈泡回來，打算在乾枯的櫻花樹用燈泡做出開花效果，我順著樹枝纏上電線。我本來還擔心會被念，結果丈夫戴上棉手套來跟我一起布置，他熟練地用束線帶固定的模樣看起來十分可靠，要是沒有他，我應該要花好幾天才能完成吧。我接上插頭，雖然電線很顯眼但看起來並不醜，光是有這棵櫻花樹，院子看起來就溫暖許多。雖然距離聖誕節還有一個多月，但先看看聖誕樹也不錯，畢竟這房子實在太冷了。建築物外觀的白色水泥表露無遺，室內全都是大理石，挑高的天花板讓室內就算開了暖氣，體感仍偏低溫。家裡就連常見的暖爐也沒有，擋住窗戶的扁柏木百葉窗也是冷得分明，牆上如果掛個波斯菊油畫大概會好點吧？丈夫今天跟朋友聚會，他說可能會喝酒到很晚，連車都沒開出去。好安靜，雖然這不是我夢想的山中小屋，但這股靜默感很相似。但為什麼這麼像待在別人家呢？這個家沒有擁抱人的感覺，只有丈夫適合這個家，感覺是個對他特化的房子，我傳了簡訊給丈夫。

——我回家一趟，會過夜，我把車開走。

——妳知道方向盤的暖氣按鈕在哪吧？讓自己暖和點，外面很冷。

因為這封溫暖的簡訊我笑了，他這暖心的一面還真是微妙。

我去警衛室換證，把它插在汽車雨刷上。雖然回家還要換證很尷尬，但果然還是我家舒適。我按下咖啡販賣機按鈕，埋怨歸埋怨，但我還是不自覺伸出手。咖啡噴嘴完全沒積灰塵，應該是奶奶很勤奮在打掃吧？就叫她把整臺帶走了。為了讓她盡情享用，我還把玄關門密碼告訴她才走。餐桌上堆滿奶奶幫我收集的郵件，大部分都是宣傳型錄，我們住家的郵筒就像大眾澡堂的鞋櫃一樣，密密麻麻緊鄰著，各自姓名一覽無遺。這是要向鄰居宣傳自家公司商標的策略嗎？是打算怎麼防止客戶的疲勞跟犯罪風險呢？看著姓名和地址找上門的方式不就是古典犯罪手法嗎？這段時間我們家都沒出事幾乎等同於奇蹟，這肯定是神明保佑。我把郵件的姓名地址撕掉，把信件丟進紙箱，然後用神之手幫我收好我家郵件的鄰家奶奶來了。

「我看到燈亮嚇了一跳，妳這麼快就回來啦？」

「因為公司有點事情才暫時回來，明天就要走了。」

我把咖啡遞給奶奶，她稀哩呼嚕地像在喝鍋巴湯一樣，我是真心想把這臺販賣機綁上一個大蝴蝶結送給她。

「我們要搬到板橋了。」

奶奶終於要跟兒子同住了，為了準備兒子住處而抵押的房子因為兒子的債務還出租了。在準備好要還給租客的傳貰金（註2）之前是無法回來的。但奶奶還是覺得兒子家很可憐，因為太年輕就成為父母，錯過那個年紀可以享受的很多事。孩子必須在相愛的過程中自然而然報到才是，但他們從一開始

註2 傳貰是韓國特有的租屋方式。不需要每月繳納租金，只需將房屋價值三至九成的押金（傳貰金）一次交給房東即可，租約到期時這筆錢會全數歸還。租屋期間，房東會利用這筆錢去投資。一般也稱為「全租房」。

就走進最終結果，一下就變質為以孩子為主的生活。在有孩子的狀況下，要嘗試改變幾乎是不可能的事，在毫無變化，奮力維持目前狀態的結果就是債務不斷增加。就算去當乳母也要養孩子的就是父母，但靠著乞討為生，就陷入了被債壓垮的危機，奶奶對於自己手頭不夠寬裕感到愧疚，她覺得自己要是寬裕一點，兒子家應該就能過得舒服一些。

「但是啊，父母要對孩子愧疚到什麼時候啊？」

「現在是孩子要感恩的時候了。」

「我家不管是孩子或父母都還像孩子一樣。」

「搬家以後就見不到年輕哥哥了吧。」

「難道去廣闊的中國就見不到面了嗎？還有從鄉下來的老太婆啊。」

都到這地步了還真的該尊敬她，奶奶抱持著總有一天會用上的堅信，把家裡變成雜貨店，就算會丟掉也還是要買。這是宗教，在愛嫉妒的哥哥呼喚下，東西越堆越多，年輕哥哥利用奶奶的心理，同時給了性幻想和藉口。有哪個年輕小夥子會為了討奶奶們開心唱歌啊？反正要看表演都要花錢買票，在那邊能舒服聽表演會比較好嗎？幻想的情婦戀人，奶奶如果沒地方發洩，早晚去散步就能讓性慾消失嗎？情婦到底要做什麼呢？現在是百歲世代，應該要蓋一個單身老人性慾發洩中心吧？如果暫時有預算問題，至少可以先把目前正在地下活動的老妓女跟流浪大叔的限制解除，讓地下性慾活化起來啊，都沒有老人的性服務。

「我也去看看吧？」

「不行，那邊不接受妳們這種年輕的入場。」

是老人專屬俱樂部嗎？會把僅有的一棟房子租出去，感覺不只是因為兒子的債務而已。把幾十萬的長腦參當成幾百萬元的山參買回的奶奶本人，也不能完全排除於需要搬家的原因。她還把其他奶奶拖下水，這是以老人為對象的直銷。把必須省吃儉用花用才能撐到死掉那天的錢也獻給年輕哥哥，然後說著「也不會再活多久了」享受這一切。只有跌落谷底，才會知道生命的韌性有多堅強。為什麼窮人的口袋這麼容易被掃空呢？但奶奶即使處於這種狀況也不罵年輕哥哥，反而還稱讚對方說要送她們去東南亞哪裡免費旅遊。我真的覺得如果對方還有一點僅存的良心，想想這段時間他白吃白喝白收的東西，給我閉嘴。

「以後要見妳也不容易了，要不要去喝一杯啊？」

「好啊。」

奶奶拿出她親自釀造的梅酒，那罐黃色的人參酒是為了年輕哥哥準備的。她自己吃了年輕哥哥賣的中國產人參，但要給對方的酒是用在農協買的人參釀的。家裡的東西變多了，只有廠牌不同的吸塵器和蒸氣拖把就各有兩臺，那些果汁是打算怎麼處理啊？藍莓、蔓越莓、覆盆子、梨子、葡萄……她沒跟兒子家恩斷義絕也很神奇，兒子家裡堆了一堆滯銷物品，奶奶家是堆了一堆買回家的東西。我喝了奶奶倒給我的梅酒，好甜。

「您是不是太常去看年輕哥哥啦？」

「我又不像妳媽那樣還有個老公，不能隨心所欲去玩的話還像話嗎？要是約妳媽，她會去嗎？就算去了肯定也只是一兩次而已。雖然偶爾也有被家裡老頭子揪著頭髮拖出去的老太婆，但如果跟那種老頭一起住，就不會來這種地方了。」

「爺爺是很早就過世了嗎？」

「還沒死，他活得好好的。」

奶奶在法律上是未婚的，在眼中只有彼此的年輕時期曾經一起生活過，但在爺爺回到正宮身邊後就分手了，他們倆的愛情象徵就只剩下鄰家哥哥而已。後來，爺爺在某天突然出現，送給她這棟房子之後又消失了，這也是她只能出租，捨不得賣的原因，奶奶把這棟房子視為是爺爺要留給兒子的。我問她雖然有點晚了，為什麼不試著挽留？奶奶搖搖頭，她說至少對方還沒忘記他們，願意出現並照顧他們母子就已經夠了。然後她依然對本家的正宮大嫂感到愧疚，到底是什麼樣的男人，才會讓自尊心這麼強的奶奶成為一個情婦呢？但看起來對方至少不是完全不管同居女的男人，莫名有種浪漫男子的感覺。奶奶現在雖然因為過度手術變成江南奶奶的容貌，但看她年輕時的照片是驚為天人的美貌。會放下如此貌美的女子、讓爺爺必須回去的本家大嫂又是個多厲害的人物呢？但奶奶不斷強調，長得最好看的人還是爺爺。

「光看我兒子就知道啦，他跟他爸長得像一個模子刻出來的，是一表人才啊。」

這就有點……該拿對子女很盲目的媽媽如何是好呢？即使有一百位沈清（註3）成群結隊跳池塘，這眼睛也是睜不開的。我見到鄰家哥哥的第一個想法就是他怎麼會長成這樣，有點傷心。還在想說怎麼會長成這一張臉，原來囟

註3　沈清是韓國古代故事中知名的孝女，僧人說如果可以供三百袋米給佛祖，她的瞎眼父親就能見到光明，於是沈清把自己賣給船員換取米，跳海成為龍王的祭品，其孝心感動了龍王。

手就是爺爺啊。那些只穿運動服就讓人心跳加速的哥哥到底都住在哪？不管是像安康魚乾的我哥，又或是長得像餓死鬼怪的鄰家哥哥，大家真的別長成這樣吧。但奶奶為什麼對爺爺這麼淡定呢？是被愛情蒙蔽的雙眼打開了，現在才覺得他長得像鬼怪嗎？慢走，這不是身為人類該做的事。快去用罪人之心好好對待大嫂吧，再會，這段時間本家大嫂怎麼都沒來翻桌啊？因為要維持體統，不能離婚，所以想說算了，那妳就還是好好生活吧的心情嗎？就這樣生活了兩年左右，鬼怪又回來了，我的老天！所以才會說只有糟糠之妻獨自辛苦嘛！

「他說自己都沒有照顧孩子，因為兒子去了好大學而擔心。」

「擔心什麼？」

「我聽說大嫂的兒子好像還在重考，雖然不同媽媽，但人家畢竟還是哥哥嘛，弟弟可不能更傑出啊。」

「不是吧，哥哥又沒罪。」

「原罪啊，他沒辦法擺脫父母犯下的罪過，這不會因為我生了孩子就消失，如果沒繼續傳給孫子還好說，即使世界改變，還是會一直被這件事情困擾的。」

「真是的，哥哥也可以依照他自己的能力生活啊。」
「哎呀，孩子，妳到現在還在喜歡我兒子嗎？」
什麼東西？如果要說這種話可以先講點依據嗎？我實在找不到合適回答，但把酒乾了。
「我就假裝這一次沒看到，妳要試試看嗎？」
「什麼？」
「開玩笑的，就算遺憾又有什麼用，他都找到他的伴過生活了，還是忘掉那傢伙，去找其他人吧。不管是男人或女人，上了年紀都不能自己一個人，妳現在不能一個人。年輕時有年輕時談的戀愛，但長大之後就要談上了年紀的戀愛。大家就算在屎坑裡打滾也還是很美好的，多去談戀愛吧。」
當務之急，我要不要先把貼著訪客證的汽車車主介紹給她呢？
「我明天把販賣機帶來，這是禮物。」
「就放著吧，我是因為又出去玩的感覺才會過去的，如果放在家就沒那個樂趣了。」
「年輕哥哥在的地方不也有販賣機嗎？」
「有啊，一百元。但咖啡不是重點，重點是那個年輕人一直在找我。」

真的是陷入了一個大糞桶耶，糞毒發作導致她整個人都盲目了。再這樣下去不會只是躺平在地上，而是鑿開地板，把整個身體埋進洞裡吧，已經來到連想說服也沒用的地步了。

「奶奶，我是真的很好奇才問的，妳跟年輕哥哥有……」

「睡過啦，也不想想我花了多少錢。」

好險，雖然不知道什麼原因，但就覺得好險。

「妳也有上過床吧？」

「嗯，就，對。」

「上床是很好，但不能陷入那個感情，一旦覺得苗頭不對就要立刻斬斷，拖太久就只有妳痛苦。有很多傢伙只上過一次床就自以為老公，要小心一點，不能因為憐憫對方就跟他上床，不該這樣的，不能看肉體而已，知道嗎？」

我突然淚眼汪汪。

「錢跟愛情是一樣的，沒有也要罵，太多也要罵。妳以為交往過一百個人會比較踏實嗎？錯了，這比談一段深度戀愛更空虛。還是適度談戀愛，交往得細水長流吧。一直換也換不到更好的對象，完全天然的顏色也不會比其中一種顏色更加鮮明，妳有聽懂嗎？我為什麼每次看到妳都會覺得不安呢？」

奶奶又喝了點酒，我也又哭了一陣。

「但如果那個顏色也是爛貨就要立刻丟掉，知道嗎？」

哈哈哈，我就是因為這樣才喜歡奶奶。

奶奶給了我一個監視任務，不管隔壁是誰搬來，只要聽到有人敲釘子的聲音就要記起來。她說如果租客不顧這也不是自己的家就亂敲釘子，那她不會延長對方的傳貰租約。

打太多鐵釘會讓家裡的氣息變衰弱。雖然租客租約到期就會離開，但屋主必須一直帶著那個不好的氣息走下去，奶奶主要是擔心這件事。

「通常這種房子最後都會辦喪事。」

「哪有這種事？」

「自古以來，如果突然身體變差或諸事不順，就會先從家裡的釘子開始拔。就算是正常釘上的釘子，因為太久而生鏽了也要拔掉釘新的才行。」

人不可能都不釘釘子過活，但如果開始覺得「隔壁怎麼又在釘釘子？」她要我一定要說。

如果是郵件我還能代為保管，或把傳單丟掉之類的，但釘釘子是要我怎麼辦啊？

先生，不能釘釘子喔。

為什麼？因為會辦喪事。

奶奶給了我這個難堪的任務就走了，雖然房子沒賣掉，之後也還是會再見，但這比我的家人搬去鄉下時更覺得空虛和難過。

10

丈夫準備了平安夜派對，用番茄和卡芒貝爾起司做了沙拉，還準備了過程繁複的越南春捲，我做的事就只有把米紙拿去泡水而已。雖然他平常就很擅長下廚，但今天顯得特別認真，但因為感覺太多蔬菜了，正當我想多煎個牛排，卻被丈夫阻止。

「主餐會有人做好帶來，妳去幫忙擺餐具吧。」

「有誰要來嗎？」

「嗯，很抱歉沒先跟妳說，應該沒關係吧？好像快到了。」

丈夫拉開扁柏木百葉窗，櫻樹一閃一閃的，之前一直覺得還好，但我今天突然覺得那棵樹長得好像人體骨骼標本，燈泡長得像生殖器。社區炸雞店的霓虹燈都比那個還華麗吧，一說有客人要來，什麼東西都覺得看起來寒酸。但又能怎麼辦呢？就只是讓別人看看我們怎麼過生活而已。我盡可能讓自己看起來沒有特地打扮，換上一件淺紫洋裝和白色開襟衫。門鈴響起，我聽到丈夫出去應門的聲音，我也迅速在臉上拍了幾下粉底就前往院子。這是丈夫跟我介紹的第一個朋友，喔？結果是金次長，FH金次長夫妻來了。看他們提著野餐籃過來，應該不是什麼突如其來的邀約。妻子看起來大了三、四歲，擁有很適合短髮的白淨肌膚，她沒有特地隱藏年紀，打扮得很漂亮好看，看起來很像很幹練的小阿姨。卡其色圍巾隨意纏繞在脖子上，大衣拿在手上。我是第一次見到她，但她看起來不是第一次來這個家，行為舉止很大方。然後她跟我說了自己的名字，鄭書延。

「歡迎，我是盧仁智。」

看起來丈夫和金次長是認識彼此的，要說這是個驚喜，好像又只有我一個人有點彆扭。沒有NM夫妻之間不能交流的規定，但覺得這件事只有我不知情的部分還是有點遺憾。我簡單和金次長眼神示意，畢竟來者是客，我還是先笑臉迎接。就算已經年底了，白天還算暖和，但這個地方的日夜還是很冷。書延沒穿外套似乎更加感受到寒意，我急忙請他們入內。

「老公，家裡好溫馨喔！」

這個空蕩蕩的房子居然用溫馨來形容嗎？她是在什麼寬闊平原搭帳篷生活嗎？丈夫引導書延前往廚房，書延瞄了一眼廚房，取下圍巾放在沙發上，然後接過金次長提在手上的野餐盒。

「廚房就交給我們，你們倆很久沒見了，一起聊聊天吧。對了，仁智小姐，妳吃羊肉嗎？因為他說喜歡羊肉我才準備的。」

「我也喜歡吃。」

書延看起來像是比客人晚到的主人一樣加快腳步，突然有種我才是客人的感覺。隨妳開心吧，我只要負責吃準備好的飯菜當然好。真是特別的客人，丈夫和書延走進廚房，我和金次長則坐在客廳沙發。

「那棵樹不錯，是你們親自做的吧？」

「無聊才弄的，但燈泡有點不夠。」

「這樣很好啊，感受得到自己手工的手藝，哈哈哈。」

即使聊著那棵樹，我的所有神經還是集中在廚房那邊。應該是用烤箱烤肉吧，我聽到書延有點興奮的聲音，然後丈夫像個不在場的人一樣安靜，我的目光沒有離開那棵樹，低聲問道。

「這是怎麼回事？搞不好我們可以交換伴侶喔。」

「那是真正夫妻才在做的事，我們如果這樣做就只是團體性愛而已。」

「你們背著我在盤算什麼事？」

「原來妳還不知道啊？他們倆以前是夫妻啊。」

金次長看著那棵樹，低聲快速地說。

「他們倆同齡，同居三年，結婚三年，然後離婚了。妳燈泡是用什麼黏的？」

「束線帶，幾乎都我老公弄的。」

原來他們是這種關係啊，介於朋友與夫妻之間的關係，是書延先加入NM，之後才建議丈夫加入。上輩子是什麼樣的緣分才有辦法成為這種關係呢？還是我見識太少？如果我是真正的妻子，應該會說著祝兩位幸福，然後匆忙離開吧。我可不想當這種特別緣分的陪襯，這不是能輕易整理乾淨的關係，我不喜歡那種還沒放下、遲滯不前的某種線，這是超越外遇之上的不愉快。光是偶遇就已經讓人看不順眼了，居然還特意準備這種場合？要是我可能就會說著您們開心慢用，然後離開吧。但至少還有金次長一起來有好一點，好像有什麼預兆一樣，睽違幾年的偶遇，現在又出現在這個家裡。我們到底是什麼緣分呢？丈夫叫了一聲老婆，看來應該是食物都準備好了。好吧，就享受吧，要不是ＮＭ，我哪裡有機會欣賞到這種光景呢？

書延準備了蛋糕、餅乾和四人份羊排，然後連同丈夫做的料理一起上桌。前菜與紅酒、甜點都一次擺上桌，如此一來就不用有人為了食物奔走，真是痛快。我們舉起紅酒乾杯，不管順序，各自依照喜好吃吃喝喝。我們簡單聊著社區，也聊著對於院子那棵具有極強存在感的櫻樹鑑賞，酒意湧上之際也聊起兩性話題，話題也自然而然地轉移到了性愛，連這也聊完了就變得只能乾喝酒，就只有我們之中最醉的書延聊個不停。

「仁智小姐，這人到現在還是喝醉就會出去買酒回來吧？」

「對。」

「他說只要喝酒就會覺得酒瓶很漂亮，你根本是覺得所有酒瓶都很美吧？」

丈夫嘻嘻笑著，居然是因為酒瓶漂亮才買，我還真的不知道。

「我們因為這件事情很常吵架，老公，仁智小姐還沒有把整箱酒都丟掉過嗎？」

「還沒。」

「在她像我一樣把那些酒瓶都敲爛之前，你還是改改你的酒品吧。」

書延叫丈夫「老公」等稱呼讓我很介意，看得出她到現在還是愛著丈夫，眼中大概也沒有我跟金次長吧。就算有，應該也不多不少，我們只是受雇之人。我一直意識到丈夫把手臂放在我的椅背上，要不要來滅滅她的威風呢？我輕輕把身體斜靠在丈夫身上，微微噘起嘴，丈夫就像打招呼一樣輕輕吻上，我可以感受到書延努力地假裝沒注意到。

「同居的時候也沒有結婚時吵得這麼凶，我們實在不適合結婚。」

書延像個會說過去就只是過去，不表現得沒完沒了的人，乾巴巴地說，這是自以為幹練的女人所做的俗氣行為。丈夫沒有回答書延所有的問題，但她的酒杯如果空了，就會替她填滿，食物灑了也會替她拿餐巾，在她喊「老公」的時候會稍微回頭，但又立刻撇開，然後金次長也責怪起書延。

「妳怎麼一直叫別人的丈夫老公啊？」

「我叫習慣了，對不起，仁智小姐。」

我也只能笑啊，不然怎麼辦。書延小姐，很尷尬吧？帶著老公出席，看著前夫的老婆應該心情不是太好吧？我看她似乎還是想獨占老公，感覺是個狠角色。既然是客人就像個客人一樣好嗎，不要擺出女主人的樣子，這樣妳才會贏。

「但怎麼都沒看到半張CD啊？之前明明全部都是CD的。當時的願望是住在牆上什麼都沒有的家，老公，CD都跑去哪了？」

「二樓工作室。」

「那我等等要去看，現在連看到CD都不順眼啦？」

工作室連我都還沒有上去看過，雖然丈夫沒有阻止，但我也沒有要上去看的打算，因為他完全沒有提過他的工作，我就把那裡當成一個獨立空間了。

「既然都說了，那我也要去看看。我們去參觀工作室，就交給你們收拾了，你可以嗎？」

妳在說哪個「你」呢？是因為要進出工作室在叫我丈夫，還是要收拾叫金次長呢？但兩個「你」都沒有人回答，書延抓著我的手臂站起來。

「走吧，他們自己會看著辦的。」

二樓整層都作為工作室使用，錄音室和器材室都布置得很溫馨。像走廊一樣狹長的CD保管室就像小型圖書館，怎麼會擺得這麼滿啊？感覺是要拿一張ＣＤ還會把兩側ＣＤ一起抽出來的那種滿。因為ＣＤ櫃上的間接燈，甚至出現有點怪異的感覺。除了音樂和電影，還有百科全書類等各式各樣的類型。這是個擁有所有ＣＤ的房間，只有對面一角是黑膠唱片，我也是第一次看到有人收藏這麼多黑膠。

「仁智小姐，他很喜歡薩滿・金。」

「那是電影名稱嗎？」

「是這個領域的電影大導演名字，哈哈哈。」

我是因為想到《獅子王》才講的，但書延用手指了褲子前襟，接著走進器材室旁的小房間，裡面有著連結兩臺螢幕的蘋果電腦和鍵盤。如果還有個樂譜之類的東西，大概就能知道是在寫什麼歌，但房間裡乾淨得一塵不染。

書延從ＣＤ保管室裡拿了ＣＤ過來。

「妳喜歡金屬製品（Metallica）嗎？我們很喜歡，住在一起的時候很常聽。妳以後有空可以用黑膠唱片來聽，先久違的來聽聽《Welcome Home》吧。」

書延打開位於角落的音響，放入ＣＤ。我連那個東西是音響都不知道，還以為只是某種長長的音響設備。音量不曉得開多大聲，音響傳來哐哐作響的演奏聲，感覺要跟人一決勝負的演奏是壓軸。金屬製品的第三張專輯，真是讓人想哭。我高三偶然在深夜廣播聽到，就去買了專輯。該死的《Orion》！我對西部沒有研究，也不知道金屬製品的成員是不是那邊的人，但那股漠然的西部抒情重擊了我的心。我的耳朵聽見的吉他演奏就像馬蹄的咯蹬聲，堅決，炙熱，也哀切。怎麼有辦法把這些情緒都寫進同一首歌呢？時靜，這首歌很讚吧？吵死了，關小聲一點。金屬製品陪伴我走過我十幾歲的尾聲，我那還沒有一場糊塗的十幾歲。

「聽完就下樓吧，我先去準備啤酒。」

「好，我很快下去。」

廚房很乾淨，我看應該是男人更擅長打掃，更有力氣，也很仔細。

「老公，你上樓吧，書延小姐好像在找什麼專輯。」

「什麼專輯？」

「金屬製品的黑膠唱片？」

「我去去就回，對了，妳也喜歡金屬製品嗎？」

「我喜歡齊柏林飛船。」

丈夫淺淺一笑，走上二樓。我把丈夫送到書延身邊，那個地方比起我，丈夫會更適合。書延跟我分享和回憶她跟丈夫共同的回憶讓我感到不自在，但也不至於討厭她，雖然有點小討厭，但也還在可理解的範圍裡，她基本上還是個擁有尊重他人品格的女子。嗯，這段時間應該很想念他吧？因為羊排很好吃我就大發慈悲一回，我從冰箱拿出啤酒，遞給金次長。

「感覺那兩個人會需要一點時間，我們先喝吧。」

一起待在現場的感覺很微妙，金次長也說他是第一次。雖然我們會這樣見面也很搞笑，但那兩個人能這麼大方見面更可笑。是好萊塢嗎？雖然這比對彼此懷恨在心更好，但就是沒有那種一刀兩斷的感覺。同居三年，結婚三年，剩下時間都是朋友，還真的是過得很精采耶。其他人做過的事情都做了，剩下的我要走我自己想走的路？是這種心態吧？其實不錯耶，畢竟離婚也不一定是其中一個人破滅或毀滅才能做的事。如果想聽到別人跟妳說「確實值得離婚」，就得先在地獄裡打滾。有太多人成為其他夫婦離婚與否的評審，還針對外遇、家暴、家事、育兒、收入、拒絕床事等項目打分數。這樣的話……這句話也未免太不負責任又太殘忍了。要到達離婚程度的標準又是多少？大家就算飯碗一樣大，難道食量就一樣多嗎？比起法律認可，周遭人的認可反而更加苛刻。如果不被認可，繼續這樣生活下去結果被掐了脖子，接著就會是馬後炮評審登場「既然都這樣了那你就該早點脫離啊，留戀什麼？」與其因為他人視線而放棄自己的生活，像那對夫妻一樣生活好像也不錯。但是他們還不快點下樓到底在幹麼？應該不是在隔音很好的房間重演那位大導演的電影吧？懂不懂NM的結婚規範啊？應該知道如果外遇就是毀婚吧？要不要用違約金把結婚費用花掉啊？為什麼還不下樓，難道就不怕我的審判嗎？

「書延小姐人怎樣？」

「很可愛啊，妳老公呢？」

「差不多吧，他們為什麼還不下樓？」

才剛說完，兩個人就下樓了。我看了他們的嘴唇，是接吻了嗎？書延的臉頰是從何時開始這麼紅的？到底是去哪裡磨蹭了？這些人真的是……金次長叫了書延。

「老婆，已經很晚了，我們走吧。」

「好啊，我也醉了，好痛苦。老公，幫我們叫車。」

丈夫用手機搜尋叫車號碼，書延老是把我跟金次長變成神經病。隨便妳了，肯定很受不了吧？但既然你們現在已經爽快退回朋友了，還能怎麼辦呢？朋友之間做愛是不對的。書延看著我，我沒有多說要他們多留一會的客套話，我用靜靜的笑容認同了她的疲憊，丈夫接起計程車司機的電話。

「快到了，出去等吧。」

迎接客人果然是非常累的事情。

我十幾歲的時候，曾經夢想過我會是怎樣的二十幾歲。但我已經到了二十幾歲的尾聲，一切的一切都糾纏在一起。我根本沒想過我二十幾歲的最後一個平安夜，會跟招待前妻來家裡的丈夫做愛。我根本不聽的《Orion》在我耳邊響起，那是一首乍聽之下會以為是男人在哭的歌。我也曾有過迷上陌生歌曲，整天都只聽這首歌也開心的美好時光。還好嗎？好痛，我好像聽到了咯蹬咯蹬的馬蹄聲遠去。

I'm telling you why
Santa Claus is coming to town
Santa Claus is coming to town

丈夫從工作室拿出一臺小的無線音響並連接平板的藍牙，小小的圓形音響像花瓶一樣，擺在餐桌的正中央。是爵士歌手唱的聖誕歌，很輕快但也很穩重，莫名覺得應該是個身材有點分量的黑人女歌手唱的。黑人的歌聲有種與韓國人的情感類似的感覺，即使是節奏輕快也挾著無法排解的眼淚。我跟著她吟唱「Santa Claus is coming to town」，丈夫在院子裡輕輕踩著枯黃的草皮，他夾著香菸的手指還真白，那個緩慢的移動跟這個輕快的節奏形成莫名的和諧。

幾天後，我在公司附近的咖啡廳遇到金次長。出差期間如果要約，我們都盡量約在公司附近，這樣就算遇到認識的人也能拿公司當藉口。我們簡單詢問彼此近況，雖然沒什麼新消息，也大概聊了些跟公司有關但不會有過度反應的話題。金次長感覺有話想對我說，但他看起來有點難以啟齒。

「前輩，你是不是有話要跟我說？」

「我只是找妳出來吹吹風啊，妳那天看起來特別疲憊。」

金次長讓我再次想起我們的職業，我們是向NM會員提供便利與服務的人，必須優先體諒、照顧及協助他們，算是精神與體力層面的勞動者，也是客製型的婚姻技術人員。但那天的我給人的感覺可能表現不佳吧，他問我有沒有什麼事，但我好像也找不到適當的回答。

「妳進公司也差不多六年了吧？」

「對。」

「也差不多是可以傾訴自己很累的時候了，雖然中途悔婚很痛苦，但實際做過一次會發現沒什麼。」

「到目前為止還可以。」

「那就好，雖然沒人會覺得工作有趣，但也要懂得享受。」

金次長非常能伸能屈，他能迅速掌握配偶並設計新的婚姻，他對一些細微摩擦還能一笑置之，但如果是過度獨斷的配偶，他會二話不說收拾行李走人。會被封為「悔婚FH專業戶」也不是浪得虛名的，他會在對方面前展現明確的存在感，但大部分在現場執勤的人都不希望這麼做，只會維持在讓會員不會對NM婚姻感到後悔的滿意度而已，也希望自己的存在會被後面接棒的同事稀釋。針對婚姻制度的不適應者，自發性的婚姻設計者，從一般角度來看不可能結婚者等族群，為了這些人設計的婚姻系統及提升生活品質的創社宗旨，他們被動接受這份宗旨，只做到剛好的程度而已，某種程度也有點像因為一時口渴而在販賣機隨便選的配偶。隨著一次性關係的持續累積，空虛感也不斷堆疊。復合是非常少見的事，一般都不會想錯過遇到新配偶的機會，也有逐漸陷入這種快樂的會員，這也是這種關係天生的弱勢之處。公司雖然把這部分當成無法避免的副作用之一，並提醒會員，但也在後來把它當成一種重要的行銷工具。看現在會員數持續提升，就能看出NM未來肯定會比現在更能占據一席之地，但我卻越來越無力，有種把我自己切成好幾塊賣出去的感覺，好累，我們也需要所謂的安息年。

「我老婆確實很特別吧？但妳也真是的，怎麼對她這麼有戒心啊？」

「我嗎？」

「妳嫉妒了啊。」

「什麼時候？」

金次長露出微笑，喝下咖啡。我到底有什麼可惜的才要嫉妒啊？只是有點討厭她而已。但畢竟是我們的會員，我也沒有忘記笑容。萬一出事也是對我不利，表現出敵意對我又有什麼好處？但金次長說，我該提供的服務都是丈夫代替我做了，適當接納書延的要求，明確劃清界線表明自己已不再是對方的老公，他說之前偶遇一起吃飯時就已經看穿這部分。

「我以為只是朋友才一起去的，後來才知道是前夫。當時是為了共同名下的店鋪才見面，老婆在離婚後也拋在一邊沒處理，妳老公說要改成老婆單獨名下，劃清了界線。後來發現老婆好像有點難過，但妳老公說那是禮物，對方都這樣講了還能怎麼辦，後來他才說跟老婆有約就先走了。」

「老婆？我嗎？」

「是吧。」

「後來聽說他復合了，但我不知道是妳。總之呢，聽完這件事之後，我老婆就突然說要辦派對。想說決定復合的話，對方應該是個不錯的女人，所以才想要對方介紹給她認識。但她可能也覺得有點衝擊吧？原本只是覺得有趣才邀對方加入ＮＭ，結果看起來好像是真的喜歡上了，妳說她不瘋才怪。」

她自己要推薦的，衝擊又怎樣？希望丈夫也能表現出我能感受到的喜歡喔。把喜歡的女人放在一樓，自己躲在二樓的生活有種，嗯，獨自入眠後發現身旁有人而被嚇醒的經驗也不是一兩次而已。怎麼總覺得是為了讓書延吃癟才選擇復合啊？我很好奇他們到底是怎樣才走上這一步的，金次長告訴我，他們從小就在同個社區長大，她是她的朋友，他是他的朋友。是一般人也不在乎的幼兒園同屆同學。但那是個從幼兒園開始劃分身分階級的社區，他們家父母跟她們家父母締結關係，她們家父母又跟他們家父母締結關係。萬一關係處得不好，失去的會比得到的更多，所以才用這種靈活的態度，該做的就做，該丟的就丟。萬一積怨可能導致其他關係網出現破洞，所以才會關注彼此。

「這種生活還真累，書延小姐在家的時候人怎麼樣？」

「是很罕見的個性，看得見當事人瘋掉的真心。」

「什麼意思？」

「派對那天也是這樣，她說是為了不讓妳辛苦，才自告奮勇說要親自料理後帶去。我要怎麼跟那樣的她說，就算人家挨餓，妳不要去就是在幫忙了？我也看不懂她到底是天真還是聰明。」

「其實我也搞不清楚那是真心還是玩弄。」

「雖然生氣，但又會看出她微妙的善良，也沒辦法對她發火，悶死了。」

「沒錯，那這次你也要悔婚嗎？」

「我找不到時機點，想悔婚的時候又覺得還行，妳丈夫應該也像我一樣被哄著哄著才好不容易離婚的吧，但反正他現在應該很舒服吧，哈哈哈。」

我們不斷續杯咖啡，天南地北聊個不停，就算不喝酒，我們也能聊好幾個小時。我們是如果有人看到，因而覺得我們像情侶，我們也很難反駁的那種同事。是從來沒牽過手，也沒送過對方回家的關係，但卻比情侶更像情侶，聊了更多事情。在深夜公司聚餐後，應該攔車回家時，他也從沒因為我是女人就讓我先上車，我們回家方向不同，他總是率先搭上最先過街的第一臺計程車離開。他是即使這麼做也不會讓人感到奇怪的人，我覺得維持這樣的關係還滿不錯的，要不是有金次長在，我的職場生活應該會非常痛苦吧。

12

新年連假一結束，我就把原本關掉的手機打開。我打給媽媽，說我跟一起來中國的會員待在公司的度假村，媽媽不希望她從其他人口中聽說有關我的消息，如果是她自己知道，但爸爸跟哥哥不曉得的話還好，但如果顛倒過來，那她可就受不了了。她認為自己是優先的，而且只有自己能維持隱密的關係，我在媽媽的想像中都是這麼做的，給予一點點的良心換取自由，我給她看了套裝鈕扣，但穿著背心。

「要好好吃飯。」

是一通簡短的通話，該關機還是直接拔掉電池呢？我主要都是用公司配的出差用電話，還是把電池拿掉好了。我把厚重的手機殼拔掉，手機響了，嚇我一跳，是時靜，這時機點也未免太剛好。

「妳看一下信箱好嗎！電話又是什麼時候開的？」
「剛剛，就剛剛才開而已，但妳幹麼一打來就劈頭大聲啊？」
這段時間我都只看公司信箱，沒看私人信箱。私人信箱通常是為了購物或加入特定網站才會用，大部分都只有廣告信，所以幾乎沒在看，光要輸入帳號密碼都嫌煩。隨著職場生活時間變長，私人領域也變得越來越窄了。我盡可能想做到不認識所有人的程度，在外頭的生活讓我不太適應。例如「妳結婚了嗎？」「做什麼工作呢？」這類噁心但又甩不掉的問題。親戚也是一樣「妳怎麼還不結婚啊？」「聽說妳是正職啊？」我在外面唯一留的人際關係就只有時靜而已。至少還有時靜，才能讓我想念，或是想回去。因為有時靜的存在，我才能在這個鬼怪般的外部世界感受到所謂的現實。
「我之前接到一通嚴泰成有點奇怪的電話。」
「什麼電話？」
「我說妳出差了，他感覺不太相信。挺嚴重的，感覺怪怪的，他本來真的不是那種人。很像哥哥也很像朋友，所以大家都很喜歡他。人果然還是要多交往才能看懂，妳應該沒事吧？」
「沒事。」

「妳回家了嗎？」

「我在公司度假村，跟所有會員一起。」

「妳有空就打給我吧，慶祝三十歲一起吃頓飯。」

「好。」

我一掛斷電話就關機了，那個男人現在過得好嗎？他該不會還被公司管控著吧？他看起來對NM一無所知，我相信資訊組是可以輕鬆掌握他的，所以我假裝忘記他繼續生活，如果我想活下去就必須這麼做。他來按我家電鈴這件事就是個失誤，感應器感應到瘋狗，是該放走他，還是關起來，又或者是安樂死？一切都由NM做決定。我只要因為他不會再出現而放心繼續生活即可，打從一開始就不是跟我約好的見面，我對他沒有任何好感，也不曾允許過他出現在我身邊。我每次的意思表示都很明確，這一切都是他的錯。我從冰箱拿出啤酒，有種我的心頭被黏呼呼的年糕黏住的感覺。丈夫從二樓下來。

「一早就喝啤酒嗎？」

「是吃太鹹嗎？總覺得口好渴，你要喝嗎？」

「不用沒關係，老婆，妳會滑雪吧？」

「我會雪板，怎麼了？」
「我還剩一個簡單的錄音，結束後要不要一起去滑雪場？」
「好啊，趁你錄音的時候，我先出去買套雪板服好了。」
「要一起去嗎？」
「不用了，你會讓我很在意，沒辦法好好挑。」
我把啤酒冰回冰箱，拿起包包。
我買衣服時都不會挑太久，覺得差不多還行的時候就會直接買。反正再怎麼多想，最後還是只會穿平常穿的風格而已。現在正值折扣季，賣場都非常引人注目。我很快踏入BIBOBS，挑了棒球外套風格的深藍色系。不用逛好幾家店，我連內搭褲、護目鏡、帽子和手套也一次買齊。我提著一個大大的購物袋走進一樓咖啡廳，人好少，但我還是拿著剛點的熱可可坐在角落，然後立刻打電話給常務，常務一如往常用明快的聲音詢問我的近況。
「盧次長怎麼會打給我啊？過得還好嗎？」
「當然啊，我有件好奇的事情。」
「什麼事？」

「上次您帶走的嚴泰成先生過得還好嗎？」

「別說了，我本來只想嚇唬他幾句就放他走，結果他根本無法清醒耶？他真的是反社會人格，真不知道是他大膽還是笨，反正很奇怪就是了。如果放他出去感覺會有麻煩，就把他隔離起來了。」

「他在哪？」

我也突然嚇了一跳，常務也暫時沒有說話，這是有違公司安全政策的問題。

「妳知道我不能說吧，怎麼了嗎？」

「是因為我要三十歲了的關係嗎？只是突然想起他了，畢竟是個喜歡我才跟著我跑的人嘛。」

「剛進三十歲時情緒都會變得特別纖細柔弱，但這很快就好了，等妳四十歲就知道，妳會很懷念三十幾歲的。我們都有好好處理，別擔心了，妳也出去散散心吧。」

「我今天要跟丈夫去夜間滑雪。」

「好，擔心歸擔心，該玩的還是要玩，玩得開心。」

我喝了甜滋滋的熱可可也還是覺得好苦，你又會在那個地方胡說八道些什麼呢？

我在滑雪場入口借了雪板，丈夫帶著自己的滑雪用具來，還說要找一天去狹鷗亭的店面挑我的雪板，但反正是這場婚姻結束就會丟的東西，幹麼買啊？

「圖樣流行都一陣一陣的，要是買了很快就會過氣。」

「早知道應該買雙靴子，我看其他人都有穿，妳可以嗎？」

「難道我穿的，其他人就不穿嗎？」

日本交換生時期去的札幌天然滑雪場是我最後一次去滑雪場，那裡沒有把坡度削平，是盡可能維持天然地形條件的地方。當時我還因為凸出來的山丘吃了不少苦頭。這是幾年前的事啦？但畢竟有過經驗，我還是一開始就選擇搭上中級路線的纜車，但隨著纜車往山上爬，我的心跳開始加速，甚至緊張到我下車時好像什麼罹患五十肩的稻草人一樣僵硬。空白期的影響比我想像得更大，這斜坡長得好像阿爾卑斯山雪原，一不小心就可能把雪板當成雪橇滑下去。丈夫在原地微微移動後準備下山，我也把腳上的彈力帶綁緊，準備好要站起來。但當我做好一切準備，屁股還是離不開地面，我的腿不斷發抖。

「摔個幾次就會變好吧，你先走。」

「還好嗎？」

我要他先走卻偏要等我，但反正我都上來了，就算爬也得爬下去。我撐地起身，把屁股往外推，以腳趾施力的橫板側滑之姿出發。嚇得不輕的腳趾靠得太過邊緣，讓我從一開始就覺得小腿很緊。我小心翼翼地往旁邊，很好，這程度很優秀了，我一邊激勵自己，一邊往前。只要成功在邊緣處轉換成腳後跟施力，就能用還不錯的S型結束我的第一趟滑行。然而，因為速度過慢，我的雪板就像在掃落葉堆一樣，一面掃雪下山，但也未免掃太多了，這是滑雪客最痛恨的行為。如果雪板把斜坡上的雪掃掉，導致地面結冰，可能會害滑雪的人滑倒飛出去。得加速了，我把身體往前傾，加重力道，結果變得我沒有任何盤算的時間，瞬間抵達了中段，這是我被一個滑雪客的大膽疾走嚇一跳，慌張躲避所造成的結果。我被嚇到的小心臟，啊，我說了聲「靠」，然後專注於轉彎。我必須把施力重心從腳趾轉移到腳跟，進行迴轉，但我的膝蓋僵直，無法給我的腰反作用力。我摔個四腳朝天，好吧，不摔跤才奇怪。我一面接受這個事實，把身體交給了雪地。丈夫雙手撐在我的腋下讓我重新站起，我就像個雙腳被綁在雪板上的稻草人，扭捏著重新起身。

「要我在後面抓著嗎？」

「既然跌過一次，現在沒關係了。」

「抓著雪杖下去也沒關係，覺得不行就跟我說。」

我原地跳了幾下，把雪板上的積雪甩掉。要不是現在，哪還有機會在雪地打滾呢？但這個滑雪場的中級路線為什麼這麼長啊？我沒走多遠，就摔了連丈夫都覺得驚悚的一大跤。

光看也知道不可能沒事，他也沒問我感覺如何，只是靜靜地像個防止衝撞安全人員一樣跟在我後面。但多摔幾次還是有用的，我的感覺開始復甦，開始能平順地滑下來，甚至還能輕輕搖晃雪板。

對嘛，膝蓋跟腰也開始找回默契了。

丈夫沒用雪杖就跟著我滑下來，也太輕鬆了吧，你是教練嗎？抵達中段時我微微加速，也因此出現了不在預期內的滑降，被我嚇一大跳的滑雪客咒罵了一聲讓路給我，丈夫這次用了雪杖追上我，他的姿勢簡直是選手等級，好像穿著慢跑鞋一樣，滑雪簡直跟他渾為一體，這是我認識他以來覺得他最性感的時刻。總而言之，很會滑雪的丈夫讓我自己看著辦，我一面喊著要前面讓開，才驚險地停下來。完全沒有濺起雪花，輕盈地在我身邊停下的丈夫笑著說「不錯喔」。

這點小事而已幹麼稱讚，我在中級路線又多滑了兩、三次，然後為了丈夫去了高級路線，抱著一顆縮成迷你的心臟好不容易才滑下來，高級路線果然不是我能隨便挑戰的。我們去小賣店買魚板吃，順便休息，又悠閒地在中級路線滑完最後一次雪板。

在雪地打滾，好像也讓我鬱悶的心情有點被打通了，雖然我來滑雪場特別會流鼻水這點在丈夫面前有點丟臉，但真的來對了。

13

我們去了住家附近的五花肉店，我滑雪回來一定要吃五花肉，因為這時候吃的五花肉和燒酒是最美味的，因為睡醒之後，全身就會像被揍的疼痛，所以今天必須要飽餐一頓。我喝下燒酒，喉嚨好嗆。

「你什麼時候開始滑雪的？這是我看過你最性感的時候了吧。」

「小時候，妳是跟誰一起滑雪板？」

「我有個高中死黨。」

「妳是讀女校吧？」

「如果是男女混校，你擔心那個死黨是男的嗎？」

「不是，是因為妳不太講朋友的事。」

他自己開心帶回家的人非得是前妻，到目前也都不曾提過朋友的事，希望以後也是這樣。你是誰誰的朋友嗎？對，我是誰誰的朋友。這種像蜘蛛網一樣糾結的關係在我們各自的世界裡已經夠複雜了，希望我們能停留在某個寒冷冬天偶然見面，稍微交換過體溫的關係就好。等以後期滿離婚，就會遇到其他配偶，如果現在過得太過激情火熱，去接觸其他平凡人的體溫就會覺得冷，於是我趕緊轉移話題。

「聽說你喜歡金屬製品樂團（Metallica）啊？」

「我嗎？」

「不是嗎？」

「金屬製品是書延喜歡，我更常聽齊柏林飛船。」

原來如此啊，可惡……好可憐耶，感覺是想透過我喚起有關她自己的事吧。她既然這麼喜歡對方，那為什麼會同意離婚呢？好心痛，我還以為她只是因為丈夫喜歡這團才大聲播出來，她以為這麼做就能讓丈夫想起她吧。但那些回憶都是美好的嗎？費盡心力想忘掉的事，我卻一直用音樂讓他想起，要是把丈夫逼瘋怎麼辦？在沙漠徘徊許久，好不容易找到綠洲才奮力跑來，結果連那個地方都有書延晃個不停？可惡！結果綠洲是海市蜃樓？那他肯定會很挫敗，甚至還被夾在中間動彈不得。這兩個人也真是太那個了，等一下，那薩滿．金呢？是為了丈夫準備的床第祕訣嗎？還是讓我幫她播了金屬製品要給我的補償？但不管是什麼，都讓我覺得很不舒服，她到底憑什麼干涉別對夫妻的性事啊？就是沒把我們當成別對夫婦的意思嘛。前妻允許了我的性事，瘋掉！但我也不能跑去跟會員理論，就算生氣也只能忍耐，還能怎麼辦？大家身處位置不同，總有一方顯得特別悲慘。就是因為這樣，人們才會咬緊牙關拚命要站在更高的位置吧。這兩個人的夫妻生活到底是過成什麼模樣啊？看他的床上功夫好像也不是能跟那種大師比擬的人，我要來套話看看。

「那你覺得薩滿．金如何？我之前偶爾會看耶，還不錯。」

「是嗎？我也喜歡，妳有看過他的隱退作品嗎？」

「沒，還沒。」

我才聽說他名字多久而已，居然這麼快就退休了是嗎？結果我不小心變成一個喜歡這種大師的人了。丈夫直勾勾地盯著我看，感覺像在等我說些什麼，但我實在沒什麼要講的。要是說句「那就繼續喜歡吧」直接把話題斬斷好像也怪怪的，總要看過什麼才能繼續聊他的作品嘛。連打掃機器人都有專注清潔的功能了，這男人每次都要做不做，要跑不跑，一下這樣一下那樣的，真的有夠散漫。難道那個大導演的作品世界追求這種感覺嗎？丈夫美味地乾了燒酒，說著「原來我們的喜好有點相似」露出淺淺微笑。其實我比起齊柏林飛船更喜歡金屬製品，比起情色片更喜歡愛情片，情色片的喜怒哀樂從頭到尾都是性愛，雖然重點很鮮明是好事，但不是我的菜，我們雖然有點相似但又不太相似，存在著些許的誤差。丈夫問我。

「等一下回去要看嗎？」

「看什麼？」

「隱退作品。」

真慌張，我最後一次看情色片是什麼時候的事了？大學嗎？時靜曾拿了一部在海外電影節獲得好評的日本電影回來，是一部在講某個男人不分場地、不管睡覺或醒著都很沉迷於做愛，最後他的生殖器被裁斷的電影，女主角是好不容易遇到了一個跟自己身體很合的生殖器，就把它切下來收藏的女人。一看就知道這是情色片的設定，但時靜不斷強調這是真實故事，原來是真實故事的情色片啊，是寫得很不錯的情色片呢。不要只看生殖器，要看整部電影啊。整體來說，那個瘋女人不就是都在玩那個生殖器嗎？我們確認完彼此的見解後就沒再看下去了。應該是因為當時我跟校刊社的學長熱戀中，時靜覺得我有點忽略她了，才刻意拿這種電影回來吧。是要我把我男人的生殖器剪掉嗎？我們曾經在校刊社辦公室做愛被她發現，在那之後她只要沒見到我們倆，就會往那方面懷疑，就算說沒有她也不相信。好吧，非要這樣搞就是了，於是我動員了各種華麗詞藻，開始炫耀我們的無重力絕頂快活似神仙的威嚴，任誰聽了都知道是吹牛而已，但時靜還是全都信了。當時我獲得多少愛，也遭受了多少非議，從對待取材員的態度到引號用法這種細微小事，我每天都挨罵。現實並不如時靜的想像那樣，總是充滿熱情與浪漫。我們雖然會做愛，但因為兩人都還年輕不懂事，也懷疑過這麼做真的對嗎，甚至也不知道怎樣才是所謂的絕頂快活似神仙的感覺，我們只是喜歡在一起的感覺而已。這次是大導演啊，我為什麼老是會在沒體驗過的經驗前，變成一個看似老練的有經驗者呢？我的身體開始有酒精循環的感覺。

「今天有點累了，我們可以先留著等狀態好的時候再看。」

丈夫填滿我的空酒杯，他看起來心情不錯。

「妳的個人資料寫著興趣是手作相簿，但我好像沒看妳作過耶？」

「這跟你的職業是作曲家，我也沒看過你寫歌一樣意思吧。」

「合理。」

我爸爸之前在辦公事務機的製造公司上班，因此家裡總是有裝訂機、護貝機、切割機等器材。我以前會把護貝的落葉或卡片疊起來裝訂成冊，變得像大學筆記或作業簿的樣子。也會把朋友的照片用印表機列印，護貝裝訂後送給大家。看起來就也不是多厲害的東西，不管是送的人或收到的人都不會有壓力。不占空間也很容易收納，也有以前在文具店一張張護貝包膜的復古感性。現在大都用螢幕看照片了，沒有用手翻頁看照片的滋味。隨著記憶體容量的增加，照片量也不容小覷，拍的人跟被拍的人也都變得沒這麼認真了，與其說是回憶，感覺只是龐大的資料而已。爸爸的登山同好會相簿就作了二十冊吧，會員都愛不釋手，所以我還收到一點點酬勞。因為酒意湧上，心情變得很好的丈夫說。

「我們也作一本相簿吧？」

「這樣就會變成回憶。」

丈夫靜靜地點頭。

「果然只有燒酒能讓人變得這麼坦白了，怎麼會這樣呢？」

「因為喝燒酒不用在乎儀式，很容易喝嘛。但紅酒從酒杯本身就太優雅了，好像要能說出這是哪個國家或地區幾年度收成的葡萄或品質之類的，才是個博學多聞的人一樣。要一邊注意這些禮節就很難講出自己的心事。我之前看過某部法國電影，主角拿著在超市買的一瓶紅酒對口喝的場景真的很帥，他是拔掉軟木塞直接喝耶，怎麼有種我們國家的人還更在乎禮貌跟儀式的感覺，靠，大家都絕對味覺嗎？」

「『靠』？」

啊……因為醉意的關係，不小心迸出我在外面世界講話的習慣了，之前把紅酒當馬格利酒喝也不曾發生過這種事耶。

「好有人味喔，哈哈哈哈。」

「我是有點這種感覺啦，這邊要再追加一瓶燒酒！」

「但妳怎麼都不提書延的事啊？」

「因為沒什麼印象深刻的事。我覺得她還不錯啊，你為什麼這麼討厭她？」

「因為一些小事吧，例如說話時舌頭不貼著口腔上顎的那種。」

「什麼？」

「有些單字在妳發音時，舌頭一定會碰到上顎或門牙。她感覺像個舌頭黏緊下排牙齒的人，把一口空氣含在嘴裡說話的感覺。」

嗯……我好不容易才忍住沒笑出來。居然只是這種小事？我說那應該只是對方的說話方式吧，但這男人注意或沉迷於某件事所形成的執著與強迫症是真的很誇張。但書延依然愛著這個男人，她希望自己是個總是讓對方悸動的女人，為了不讓丈夫有愛上其他女人的機會，才會犯下用ＦＷ阻擋的失誤。愛不需要多長的時間就能形成，就在一瞬間而已，並且擁有連長久之情也可能一瞬間崩塌的那種威力。當然，這種威力並沒有在我身上顯現，只是還有一絲絲的可能性而已，但書延是連對那一絲絲的可能性都感到不安。我頭好痛，如果討厭舌頭會貼著下排牙齒說話的女人，那就去找個舌頭會貼在上顎講話的女人交往啊。

「走吧。」

我先起身，身體已經開始痠痛了。真的太久沒去滑雪了，但今天也看到丈夫很多新面貌，而且還有意外純真的一面。我想快點回家，但丈夫遲遲沒出來，我探頭看看他是不是去廁所卻發現，老天，這人到底在幹麼？丈夫站在酒類冰箱前，不停把酒放進手上的黑色塑膠袋。他開始發酒瘋了，親眼目睹還真的讓人無話可說。

他的臉色看起來比我還正常，也跟平常差不多，不會有人覺得他喝醉。

我重新踏入店裡，丈夫把塑膠袋放在櫃檯，同樣的酒在這裡買貴多了，到底在幹什麼蠢事啊？我數了數，一共十二瓶，老闆敲打著計算機，看向丈夫。

「楓葉酒，下面還有鄉下酒。」

老闆遞回信用卡和收據。

「因為是故鄉酒，我偶爾會放一點在這裡。」

老闆的故鄉和我爸媽及哥哥住的區域距離不遠，我只說了聲「好」就走出餐廳。

光是楓葉酒就買了十二瓶，應該是看到什麼就買什麼吧，但還把剛剛喝的燒酒也混在裡面，我當下也不能說什麼，發酒瘋總是要醒酒後才能怪罪。

丈夫拎著十二瓶燒酒走在蔥田邊的路。

冬天的荒地沒有蔥，看起來特別荒涼，他緩慢但毫無搖晃地走著，裝著燒酒的塑膠袋因為重量的關係而被拉長。

所謂喝醉是用什麼標準判斷的呢？

相較於丈夫，一旁掛在天上的彎月傾斜程度感覺更醉，是因為我醉了才會覺得他看起來正常嗎？我還真是第一次看到有人醉了是這麼稀奇的模樣。

「不重嗎？」

「不會。」

「有這麼漂亮嗎？」

「是妳漂亮。」

確實是醉了。

14

感覺從滑雪場回來後，我們變得更親近了，我也覺得丈夫讓我比較自在了。我們就像被裝進同一個籃子裡一起生活的雞蛋和鴨蛋，看起來很像但又不一樣，但我不想硬要把這個差距填補起來。當對不可能的事情抱有留戀就會開始否定對方，接著擴大為爭執，然後留下深深的傷口。丈夫也不強求我要變得跟他相像，他的行為宛如以一定頻率靠近又遠離的海浪，但這樣的男人卻特別執著於想擁有相簿，不過是一本相簿到底算什麼東西啊？但最後還是我雙手投降。裝訂相簿真的沒什麼特別，但他說他真的非常想要。丈夫拿著相機過來，他到底打算怎麼處理婚姻結束後，看著這本會湧上的微妙感與疙瘩啊？就算把照片切下來用火燒掉也不可能完美消滅，會像版畫般地烙印在腦海裡。丈夫給我看了要去博物館才能看到的奧林巴斯 PEN EE-3 半格相機，他說這是小時候爸爸送的禮物，可能因為這是他擁有的第一臺相機，所以也特別寶貝它。雖然以相機來說機身偏小，但它搭載了非常經濟實惠的功能，三十六張底片可拍七十二張照片，畫質有點差但也有它獨具的魅力，雖然是老古董了，但還是保養得很好。

「它也沒有哪裡不舒服，很結實。」

「看起來好像玩具喔，好漂亮，我幫你拍。」

「一起拍吧。」

「我不喜歡拍照，給我吧。」

要看著小小的觀景窗拍照並不容易，我憑著大概的感覺，把丈夫擺在畫面中間按下快門，我還以為會出現很大聲的「喀嚓！」，結果只有小小的「滴」一聲而已。我邊換位子邊幫丈夫拍照，但相機亮起紅燈。我問了原因，他說是因為環境太暗，相機才伸了舌頭。丈夫把百葉窗完全拉開，灑進來的陽光也讓相機不再伸舌頭。我再次用相機記錄丈夫，自然微笑的樣子和有點皺眉的樣子都好看，就連靜靜凝視著鏡頭的樣子也很悠然自在。滴滴滴，我在成年那天之後就幾乎沒再拍過照了，就連拍證件照對我而言也是件難事，因為我到現在還沒辦法擺脫死去的惠英，她是我和時靜有意識吞下的孩子，只要想起她就會特別痛苦。

「老公，你往旁邊一點。」

滴滴滴。

我、時靜和惠英從高中就是三劍客，但惠英在我們自己慶祝成年的派對隔天凌晨死了。這場派對是惠英主辦的，所以這場意外對我們而言是始料未及的。時靜和我抵達惠英告知的汽車旅館派對房時，一切都已準備就緒。是惠英先來準備蛋糕和食物，在整體都是紅色系的房間裡，天花板掛著緞帶和氣球，除了派對帽，也有ＫＴＶ設備。是個隱密且允許無理自由的地方，汽車旅館就是這樣。我們用鮮奶油改變髮型，穿著襯裙成為瑪麗蓮夢露，撒著衛生紙，唱著聖誕歌曲，那是個連何時睡著都沒印象的晚上，直到隔天早上醒來才發現自己昨晚睡著了。滿地的衛生紙，水果和零食也被壓碎，是讓人懷疑是否吃了迷幻藥玩樂之後的亂七八糟。時靜躺在我旁邊睡覺，但惠英不見蹤影。她的包包和手機都還在，我想說她可能只是暫時離開，就把時靜叫起來整理房間，但惠英直到過了退房時間也沒出現。她是個善良的孩子，但總是給人只要到值得紀念的日子就會闖禍的印象。我們先帶著行李退房，在汽車旅館門口等她回來，大概等了一個多小時，也打電話給很多人，最後打給了惠英的媽媽，沒想到卻聽到意外的問話。

「昨天發生什麼事了嗎？」

「我們玩得有一點點瘋。」

「凌晨出了意外。」

我們在等的惠英，在靈堂用遺照形式等著我們，這是一場毫無痛哭聲，非常安靜的喪禮。惠英媽媽緊握著手帕，像一座石墓坐著。我媽很久以前說過，就算要生病，也得避開子女的重要行程才能生病，還說自己曾經在孩子們忙的時候生病了卻還假裝自己沒生病。雖然沒有人說什麼，但只要看到孩子哪裡不方便，就還是只能起身動作。那天惠英媽媽看起來是真的很虛弱，因為女兒在這一世已經沒有任何行程了，所以能盡情生病了。看著我們的眼神就像在說著「這是怎麼回事？」，我們的眼神大概在說著「什麼？」吧。但因為我們是放任凌晨自己出去，在房裡呼呼大睡的罪人，也只能不斷道歉。惠英爸爸叫我們吃飽再離開時，我們才終於哭了出來。她什麼時候離開汽車旅館的？明明跟我們一起玩，為什麼她會在家門口發生意外？到底是什麼意外才會辦這麼淒涼的喪禮？這是一場燃燒殆盡的喪禮，我和時靜所流下的眼淚就是當天那個地方的所有眼淚。我們依照惠英爸爸的引導，坐在背對兩位阿姨的地方吃飯，在場的人少得連負責上菜的員工都能回到自己位子上坐著發呆。

「為什麼會這樣？」

「說是睡覺的時候因為食物湧上來堵住食道了，都這麼說了就信吧。」

「就像讓寶寶趴睡結果死掉一樣，也不曉得該說什麼。」

這是兩位阿姨的對話，我們這才聽說了惠英的死因。既然聽到的是這樣，我們也只能當成她是因為氣管被堵住而死的。雖然人真的可能因為這樣而死，但作為跟我們玩到一半消失的朋友死因，卻一點也無法令人信服。時靜看起來也不相信，雖然我們沒有合理證據，但她的想法應該跟我一樣——自殺，這讓我們變得沉默。前一晚那場狂亂派對是死亡的前夜祭，太扯了，但我們必須接受她的死因就是那樣。在喪禮結束的幾天後，惠英媽媽把我們叫去家裡，她可能是要告訴我們真相，也可能是想從我們這裡聽到真相。但惠英媽媽對於死因隻字不提，她只是要讓我們去惠英的房間，帶走可以回憶她的物品。但我實在甩不掉惠英媽媽的視線，我們觸及之處，她都緊緊跟著，好像我們連面對惠英的遺物也該表現出哀悼一樣，讓我備感壓力。當時我翻閱著惠英的相簿，高中時我們原本都會一起拍照，但我翻著翻著才突然發現，從某個時候開始，照片裡就都沒有我了。不只沒有跟我一起拍的照片，連我所在的班級照片也沒有，就連我們非常要好的時候，我親手做給她的裝訂相簿也不見蹤影。為什麼？但我沒有問出口，因為她已經死了。我有種被用照片殺害的感覺，好想離開這個房間。我從梳妝檯的寶石盒裡隨便拿了一顆金色鈕扣，雖然我不知道為什麼要把這個放在寶石盒裡，但我也不想深究原因，我只想快點離開現場。我記得時靜應該是拿了毛手套吧，正當我想離開房間時，惠英媽媽看到我的手。

「妳只拿那個就夠了嗎？」

「我想把它做成項鍊。」

她冷淡的表情彷彿說著我沒有表現出她所期待的哀悼，「妳們應該要再悲傷一點吧？」的感覺，好討厭。

我聽到洗衣機響起告知洗衣結束的聲音。

「結果是洗衣機幫了我呢，妳也拍太多照片了吧！」

「因為感覺都沒有拍得很好。」

我把相機還給丈夫，走進多功能房，把洗好的衣物拿出來放進籃子裡，我最喜歡這個家的一點是可以在院子晾衣服。天冷時雖然可能會凍住，但一般來說，在冬天的陽光下也還是很好晾乾，即使用相同的洗衣精，也會出現跟在陽臺晾衣時不同的味道。丈夫拿著相機站在客廳窗戶前，我假裝沒看見他繼續晾衣服。雖然應該只會被當成一個遠景拍下，但我還是刻意背對他不露臉。我一邊搖晃著身體，用力甩衣。我看著大門口，總覺得門後好像有人站在那裡，特別是最近更常有這種感覺。好吧，今天做吧，我把空的洗衣籃放在洗衣機旁邊，深深吐了口氣，我有話想跟丈夫說。

「老公，要不要喝啤酒？」

「好啊。」

我準備了簡單的下酒菜和啤酒，該怎麼開口呢？在我越有經驗後，就對會員越來越不信任。他們與資方的關係非常緊密，把我們掃地出門也不是什麼難事，萬一事情弄得太複雜，我們還得負責賠償違約金並離開公司。但我也沒辦法了，實在難以繼續壓抑壓在我心上的那股鬱悶，這股鬱悶感光是一個惠英就夠我受了。結果會怎樣也得先講了才知道，我先用啤酒潤潤喉，然後問道。

「你對於嚴泰成這個人知道些什麼嗎？」

「我只大概知道他好像被你們公司隔離而已，怎麼了？」

「只是好奇而已，感覺隔離有點誇張了。」

「會咬人的狗就該死啊。」

「你是開玩笑的吧？他很可憐啊。」

「可憐的狗就能咬人嗎？」

不管我跟嚴泰成的關係為何，都不是丈夫關心的重點，他只把對方當成擅闖進自己家的野狗，對於這個粗暴的抓捕行為也表示接受。我多希望自己也是個不會在意這種事情的人，他真是個難以捉摸的男人，對待他人的溫差非常大，不管那些人是誰，我就只對妳好而已的感覺。丈夫的親切相當決絕，不管什麼時候都不會表現出過度興奮的樣子，即便是對我講冷淡的話，也都是冷靜且帶著微笑說。看起來就像是搭車參觀非洲大草原的人一樣，對於那些突然竄出的野生人類感到神奇，但再怎樣也不能隨便殺掉吧？

「要去看看嗎？」

「為什麼要？」

「反正這件事也跟我有關，實在讓我很介意啊，但那種地方要部長級以上才能參觀。」

「會有職級也不是沒有原因，爬得越高，就有越多必須絕口不提的事，妳也沒必要先去了解這些事，讓自己頭痛吧？」

「反正我也不可能當上部長，偷偷看也沒關係吧？沒有那種不用透過公司進去的辦法嗎？」

「也不是完全沒有，妳想去嗎？」

「你覺得可以的話。」

「妳對我的信任程度到哪？」

「至少你是我老公的部分。」

「出去吹吹風再回來吧。」

丈夫舉起啤酒乾杯，我也輕輕舉起啤酒。我打從一開始就討厭嚴泰成，在我一再拒絕未果才發現我的拒絕對他完全行不通時，我借了ＮＭ的手。在他來公司找我時，我還是盡可能從基於善意的角度出發去理解他，對寂寞的他而言，我也試圖成為一個好人，把他當成是一個抱持著善意但胡鬧的人。但我還是討厭他，因為我也討厭把善良當成工具，做出會讓人不便拒絕的行為的人。討厭他用善意背水一戰後被關起來，以為我掌心中的善意也會如實適用於對方的感覺。我肯定也有一部分是因為職業的隱密性而出現過度敏感的反應，當然現在我知道他的行為並非基於善意，既然知曉了，就該對於他消失這件事情感到安心才是。但很怪的是，我老覺得內心沉重。「為什麼討厭我？」這句話一直在我耳邊迴盪，他那股像在演戲的快活也讓我很在意，看起來就像被揍也會強顏歡笑的那種，他怎麼會變成這種人呢？他說他有妹妹，那妹妹應該會等他回去吧？我甚至希望他過得好好的，不管想或不想，我在這件事是不可能獲得自由的，好想擺脫這股難以形容的罪惡感。

15

丈夫打聽到嚴泰成目前人在位於B市的祈禱院，但他不是透過公司打聽的。我對丈夫的情報網感到震驚，是用什麼方法才能打聽到營運作業極為隱密的場所呢？輕而易舉到幾乎是讓我懷疑是不是我自掘墳墓的程度。我也不是特別信任丈夫，我的信任好像也不曾持續到最後過吧，從不信任開始才更不會受傷。如果這已經是我的墳墓，那我就算躲起來也肯定很快就會被找到和移送。從金浦機場起飛的班機在約一小時的航程後抵達B市機場，搭著計程車經過機場大道，進入市中心並經過無數個社區後，走上了蜿蜒山路。雖然山的海拔不高但很深，司機在丈夫指示的位置停車，這附近統統都是汽車旅館，在景色優美的深山蓋汽車旅館是挺不錯的選擇。我們走進位於最裡面的汽車旅館，大廳有著咖啡和簡單的零食，卻沒有看到櫃檯。正當我還在納悶這裡是無人旅館嗎的時候，聽到有人呼喚的聲音。小小的窗戶口就像以前的劇場賣票處，窗戶後面有著接待的員工，丈夫透過那扇窗與女員工對眼。

「入住是晚上七點，退房是明天中午十二點。」

「所以現在不能使用嗎？」

「每個小時多付一萬元即可。」

「那幫我加價。」

我們使用的房間位於五樓，雖然有額外的浴室，但床的旁邊還有按摩浴缸。壁掛式電視下面還有最新型音響設備，兩臺多合一的電腦並排擺在一起，這種東西搭配紅色壁紙與昏暗燈光顯得微妙。商務飯店式但很色情的房間，這時如果有穿著正式制服的女人進來做愛肯定很合適，但這個床實在很有問題，純白的棉布床單裡鋪了一層硬邦邦的塑膠布，就像躺在地上一樣，沒有躺床的安逸感，這肯定很難睡好吧，但丈夫笑出來。

「應該沒有人是為了睡好才來這裡吧？」

「就算要辦正事，睡覺也要好好睡吧？」

「該做的事情做完之後就很好睡了。」

感覺是個不知何謂緊張的人，他真的是來兜風的嗎？我看丈夫如此慵懶，嚴泰成應該比我想像中過得更好吧？我微微放心，也沒有什麼事情好做，我參觀房間後打開放在毛巾旁的紙袋，是一次性化妝用品及牙刷、牙膏與兩個保險套。在這股布滿整個房間的紅色氛圍下，如果下定決心要做，我看兩個套子應該不夠用。我放下紙袋，打開窗戶，想說海拔比較高，不知道能不能看到祈禱院，但對面直接是另一棟汽車旅館，沒有任何一個房間把窗戶打開，畢竟天氣很冷，於是我收起了其他想像。

「老公，那裡離這邊很遠嗎？」

「不會，在剛剛下計程車的地方，右邊那條路進去。」

是背對這個房間的地方，外面雖然掛著「小談農園」的招牌，但裡面是有著農園和祈禱院的地方。我們稍做休息後走出房間，在走廊上遇到一對年輕的小情侶，看起來很像十幾歲的二十幾歲，或是像二十幾歲的十幾歲，希望他們一定要記得用房間裡給的保險套。

我們走到剛剛下車的地方，右邊有條羊腸小徑的盡頭就是小談農園。周圍景致與拱門型鐵門非常和諧，窗格間距很寬，圓滿曲線也很美，用手寫的小小木製招牌也很好看。有兩個年輕女人站在門前拍照，她們用自拍棒換角度拍照，我們倆繼續往上走才終於看到農園內部。看到由各種盆栽裝飾的室內，辦公室裡有很常見的家庭沙發和鐵桌，暖爐旁放了一壺黃色茶壺，光看就覺得溫暖，但裡面沒有人。丈夫按了貼在招牌下面窗框的門鈴，大概按了兩次才看到有個男人從辦公室後門進來，他透過窗戶看到我們，丈夫又按了一次門鈴，男人這才打開辦公室前門出來。他看起來四十幾歲，穿著一件老舊的綠色防寒外套。丈夫沒有自我介紹就說要找園長。

「有什麼事嗎？」

「請幫我轉達是首爾的崔長老介紹我來的。」

男人帶我們到辦公室後立刻又從後門離開。暖爐上的茶壺飄出濃郁的玉竹茶香，玻璃裝飾櫃陳列了各種國產茶，包含決明子、玉米、玉竹、玄米等我們熟悉的茶。不久後，有位看起來六十中旬的和藹男人從後門進來，他就是園長，他穿著跟剛才那位男人一樣的外套，手臂上的袖套讓他看起來沒有太過權威，給人的印象不錯。他一進來就先倒茶。

「今天天氣特別冷，請喝茶。」

園長把茶杯放在桌上，是和茶很相配的穩重陶瓷茶杯。總覺得連這個茶杯都是農園自己窯烤出來的，好喝。園長詢問。

「如何？」

「不錯。」

「大家都喜歡我們農園的茶，長老最近身體還好嗎？」

聽到園長的提問，這回是丈夫回答了。

「我聽說還不錯，但我也沒能親自見到他。」

「是啊，他可是那把年紀還在啃骨頭的人，哈哈哈，但您來這裡有什麼事嗎？」

「我想僱用一個人。」

「用途是？」

「我目前想讓他去幫我看守別墅，三十出頭，比較乖的男人，會有嗎？」

「年紀也要差不多是吧？」

「對。」

園長點點頭，我雖然拿著茶杯但實在喝不下去。人口買賣，這些人談這種事情怎麼有辦法表情完全沒變啊？我需要一條狗，要用在什麼地方？

「是有一個人符合需求，不過我是覺得需要親自看看。」

「現在可以看嗎？」

「一起去吧。」

我們跟著園長從後門出去，後院很漂亮，樹木沒有毀損，盡可能維持原樣，右邊有條小溪，雖然現在是乾的，但夏天是個很適合踏青的好地方。祈禱院位於後院下方，地上釘了由整根樹幹做成的階梯，間距是寬敞的六階，園長提醒穿著高跟鞋的我小心下樓，我回應了聲明白，接著看到他打開沉重的鐵門，看來是用厚重鐵板擋在前面，這個壓迫感還真不是蓋的。我們通過園長打開的門進入內部，雖然沒有出現讓人心情不好的鐵聲，但那個砰地關門聲也讓心情一沉。我終於走進我自己的墳墓了嗎？對ＮＭ而言，我跟嚴泰成是沒什麼兩樣的存在，叫我別做的事就不該做，要我怎樣想就得怎樣想，不能忤逆或讓事情變棘手。真是該死，我也夠可笑了，我哪時候算是個善良的人才會走到這步啊？要發瘋了，早知道就不講了。

祈禱院院子左側是用紅磚砌成的工作場，聽到園長介紹茶葉是在那邊製成時，我簡短答了句「原來如此」。這個時間祈禱院大部分的人都在工作場製茶，炒過、剪過、分裝成茶包再綁起來，園長對於這裡出品的茶有著相當程度的自豪。農園和祈禱院都登記為社會福利設施，正面由水泥砌成的建築物正是祈禱院，一樓是禮堂兼餐廳，二、三樓則是祈禱房。難道是會有信徒祈禱到一半跳下來嗎？那些小窗也統統都用鐵窗擋住了。有個老人坐在祈禱院入口旁的長椅上晒太陽，他也穿著綠色防寒外套，還有個因為不明原因正用指甲刮著牆壁的青年，他也穿著綠色防寒外套。除了他們倆之外沒有特別顯眼的人，但他們不曉得是不是沒看見我們，在我們經過時也毫無反應。祈禱院內非常安靜，二樓和三樓，以及走廊兩側的小門排列是一模一樣，但卻沒有半個房間傳來祈禱聲。園長停步的地方是位於三樓最裡面的房門口，雖然沒有貼號碼，但園長說這間是３０９號。

「夫人在這邊看應該會好一點吧？」

「好。」

打開房門，園長和丈夫走進房間，這房間有一坪半嗎？只有一個很髒的白鐵水桶放在角落，是個連半張常見桌椅都沒有的房間。雖然有臺小電暖器，但房內跟手很凍的走廊沒有溫差。水泥地上鋪著破爛不堪的棉被，嚴泰成躺在上面，他也穿著綠色防寒外套，頭髮因為結痂血塊和膿塊變得很亂，雖然四肢沒被綁起來，但他看起來就像被綑綁的人，手腕和腳踝都交疊在一起。才過幾個月居然變得這麼瘦，手腳趾甲都黑漆漆的，原本白淨好看的臉也不復見，只剩下毫無血色的蒼白。左眉到耳垂有一道很深的傷疤，好像是被什麼東西用力刮傷了。

「如何？他年紀應該差不多。」

「他現在的機能狀態如何？」

「還是很擅長炒茶的。」

「那就他吧。」

聽到人聲，嚴泰成睜開眼睛。眉毛受傷的左眼睜不開，好不容易睜開的右眼也很迷濛。他看了我一眼，不曉得是放棄了還是放心了，又閉上眼睛。該怎麼辦呢？還是要殺了他啊？該死的，這是比起求饒哀求更悲慘的毫無反應，像一隻瀕臨凍死的野狗超脫放棄。我選擇先行下樓來到院子，青年依然在刮牆壁，老人也依然在晒太陽，到底幹麼一直刮牆壁啊？他究竟是看到了什麼？這裡是不被允許無障礙的地方，丈夫跟園長也來到院子，我們又回到辦公室，園長邊說著「那麼」邊把袖套脫下來，坐在沙發上，我急忙先行告辭。

「我先到外面等。」

「會很冷的。」

「沒關係。」

我吸入的冷空氣感覺都已觸碰到我的內臟，但還是比留在充滿茶香的辦公室好。我站在剛才下車的地方看著小談農園，那扇漂亮大門後居然正在發生這麼可怕的事，我涉入得太深，應該只看這扇漂亮大門就好的。丈夫拿著園長非常自豪的茶走出來，看來生意談得很順利，說好一週後會把嚴泰成帶走。我沒問多少錢，我沒辦法承受我親耳聽到一個人值多少錢的打擊。我走在農園的下坡路上，半山腰的小小休息區有一家便利商店，那兩個在小談農園前拍照的女人正在吃包子，人煙稀少的冬季之旅看起來十分幸福，記錄這場旅行的照片應該也會上傳到社群軟體吧？大概會說「這是一扇偶然發現的漂亮大門，這就是旅行的樂趣，很羨慕冬天旅行吧？」之類的。還是要把園長送的茶轉送給這兩個女人呢？她們肯定又會拍照上傳吧。「天啊！我收到剛剛照片裡出現的小談農園出品的茶！在住處喝一杯溫暖的茶，羨慕吧？」擔心會發生這種狀況，因為我所知道的小談農園與她們認知中的小談農園差距太大了。炒過、剪過、包裝後出售的不只是茶而已。賣其他東西就算了，就不能放過人嗎？我們不是能體會相同感覺和痛楚的相同存在嗎？

丈夫用手機搜尋了日式料理店，雖然現在沒有特別想吃，但剛好有臺空的計程車來，我們就直接上車了。餐廳入口掛著一幅巨型相撲選手照，跟東京地鐵站掛的照片一樣大，那是我想體驗兩國慶典時會去的地方。真不愧是相撲的故鄉，處處都掛著大大小小的相撲選手畫。除了跳蚤市場之外，即使因為各種街頭活動而湧入大批人潮，也看不到半點會讓人皺眉的垃圾，大部分人都帶著夠裝自己製造的垃圾袋出門。這家餐廳的乾淨程度讓我想起當時的街道，相撲選手們當成補身餐吃的相撲火鍋是這裡的代表菜，我們選擇雞肉為主食，在相撲火鍋煮熟時喝了已被熱過的清酒。雖然覺得餓，但我卻沒有胃口，丈夫似乎也發現了這點。

「要先吃點糰子嗎？」

「不了，我懶得咀嚼了。這是怎麼一回事？」

「園長是張美淑常務的叔叔。」

是指我們的士官長張美淑嗎？我還以為丈夫會先說怎麼找到這家祈禱院，怎麼知道這裡有在進行這種交易之類的順序，作夢也沒想到一開始就迸出張美淑這個名字。丈夫說他從一開始就對那些保全人員起疑，沒有任何一家保全業者會用藥，就算退一百步是需要麻醉的狀況好了，用到睡袋也實在讓人百思不得其解，再加上這又由一個非武裝民間女性指揮，哪來的保全會做這種事啊？在自己家發生騷動也像隔岸觀火的丈夫其實都看在眼裡，而且是縱觀全局。我急於處理噴濺到我腳上的火花，當時的常務也是同樣的心情，我原以為NM只是有事需要隱瞞，常務才會同行前來。總而言之，丈夫先找出和W&L簽約的保全業者是誰，因為這是NM提供的服務，其實並不難找。在那之後就收買那家業者的人確認W&L相關的案子，但一整年就只有幾起案件，甚至找不到那天的紀錄。於是他立刻開始調查常務，這才知道她依然深深介入實務現場，她位居於一個不管從底下報上來的事，或需要往上報告的事，都先在她的手上適時處理過的位置。如果她想利用公司這個漏洞也不是什麼難事，也不特別在意為了選配偶的一些私下交易。比這更有趣的事情是，常務的爸爸和她弟弟經營社會福利設施，常務爸爸在京畿道附近，她的弟弟則以B市為據點，兩個地方都是同時經營祈禱院和僱用身障人士的事業。京畿道那邊的祈禱院也是許多虔誠信徒都知道的地方，但B市祈禱院幾乎查不到任何資訊，也不接受個人申請，只接收與京畿道這邊有關地方送去的人而已。提供大多數情報的男人被稱為崔長老，他有時候也會帶人過去。雖然不知道他實際的職業為何，但他會開著親自改造的餐車，巡迴各地區做提供街友餐食的志工服務。常務偶爾也會把人送去祈禱院，嚴泰成原本在京畿道，後來才被移送到B市，通常來說，要在教育過程中狀況惡化，才會被送去B市。

「什麼教育？」

「應該不是教怎麼做麵包吧？」

清酒在我的喉嚨卡了一下，好像在聊什麼海外新聞的丈夫，也讓我的清酒難以下嚥，但我還是點點頭回應。對著即使園長是自己的爸爸，也能稀鬆平常說著「喔，是我爸」這種話的人而言的驚訝表情都是大驚小怪。現在連保全業者都不能相信了，突然覺得我出差前給常務的資料變得好可笑，我是看著常務給我的清單，核對她勾選的特殊事項而做的報表，我當時到底幹了什麼事啊？

「如果要把嚴泰成先生帶出來，他好像需要一個住處。」

「短期內要先幫他找個旅館讓他住吧。」

「讓他住在家應該有困難吧？」

「幹麼這麼親切？」

「天曉得他以後會不會報恩呢？」

「報恩不會對親切的人報的，只會對害怕的對象報恩而已。他們只會出一張嘴對親切的人報恩，用身體對害怕的人報恩。」

「這話非常的現實，但好可悲啊。他要是偷偷逃走怎麼辦？」

「那也是他的選擇，就做到這邊吧，現在做這些也已經太多了。妳到底想幫他到什麼地步？為什麼要一直伸出援手？是要他走還是要他來？不要對他這麼親切，妳只是做了妳該做的事。」

「這樣顯得很沒人情味。」

「他如果把人情味當成愛呢？」

「倒不是這個意思。」

「所以說妳不要再這麼做了，女人就該小心一點，太親切就會讓人貪心，太善良就會被人覬覦，然後一生氣就會變成壞女人，這就是過度親切帶來的副作用，走吧。」

丈夫起身結帳，那個男人還真是爽快又讓人苦澀。我不經意拿起那盒茶包，白底綠字寫著小談農園的健康生活茶，共有玉竹、玄米、蕎麥等三個口味。這茶怎麼喝得下去啊？我把盒子放在桌下並走出餐廳，在計程車上山之前，我都很擔心員工會拿著茶盒跑出來。

汽車旅館房間裡的熱氣籠罩我的身體。

「妳睡了嗎？要脫掉衣服再睡啊。」

我全身無力到連回答都沒力氣，我說了句等一下就閉上眼，然後又因為喉嚨有種火燒的感覺而睜開眼。丈夫在我旁邊睡覺，原來我剛剛睡著了啊。

我口乾舌燥得要命，躊躇著想起身，突然湧上一股尿意，我想喝水，也想尿尿，所以我決定先處理我的尿意。

我坐在馬桶上還是抵擋不了睡意，眼皮一直闔上。我半夢半醒倒了杯水，照鏡子發現我的眼線花了，滿臉油光，看起來就像哭完才睡一樣，連眼睛都紅紅的。

救命，我不自覺緊抓著洗手臺，是我，那個包裹在毯子裡躺在水泥地上的人就是我。

門口好像有人站在那，他打了彩色領帶並戴著ＮＭ的婚戒。但我看不到他的臉。你是誰？是老公嗎？還是嚴泰成先生？不管是誰都救救我吧。他把門關上，然後我就醒了。

原來是作夢，我狼狽地坐在梳妝檯前，看著睡得很沉的丈夫。他為什麼這麼積極與我同行呢？是想讓我看什麼呢？是要警告我再踰矩就會落得一樣下場嗎？到底是怎樣？但幸好那個鎖在鐵門後的祈禱院沒有變成我的墳墓，要和離職同事聯繫幾乎是不可能的，大家也都不想。

他們現在都在哪裡做些什麼呢？如果生下配偶不想生的孩子，直到孩子成年為止都由NM支付養育費的福祉，雖然我沒碰過實例，但卻也從沒懷疑過這過於巨大的福利。萬一劉代理沒有回來NM，她會變怎樣呢？能平安生活嗎？

夢裡的我顯得好淒涼，救命啊，我好想再次入眠繼續作那個夢，想爬起來打開那扇鐵窗拱門走出來。如果我能在便利商店吃包子時醒來就好了，跟我年紀相仿的女人們看起來很美。

我該睡了，口乾舌燥的我打開冰箱，天啊，這什麼東西？冰箱裡居然擺了三瓶清酒，這是什麼時候買的？雖然是可以塞進外套口袋的袖珍尺寸，但我沒看到他買酒。

這男人究竟是在哪個時間點喝醉的？真的好神奇。我拿出礦泉水當場灌了半瓶，總算有活過來的感覺了，我重新躺回床上睡得很沉，是對於自己曾說過床很硬感到無地自容的那種沉睡。但為什麼我現在才開始覺得不自在呢？側躺了一會又覺得肩膀受壓迫，所以我又躺回正面。總之，好險還有丈夫在，不然光憑我一個人是不可能辦到的，他是我目前唯一能依靠的男人，應該會讓我記得很久吧。

我逼自己閉上眼，我要用其他夢把剛剛那個夢擠掉，睡吧。

噗！媽呀，嚇死我了。

丈夫放的屁讓整張床發出響聲，因為鋪在床單下的塑膠板甚至還能感覺到震動，真是的……我把被子推向丈夫那邊，再次閉上眼睛，但我睡不著。

16

我還是不曉得丈夫的藝名，雖然我認真去查就能知道，但他既然沒有自己公開，那我也不想刻意去挖掘。他的所有工作都在工作室完成，因為我不會上樓，他沒有多說什麼，但他其實也不希望我上樓，也不會叫人來家裡玩，他總在作過隔音處理的二樓工作室裡像個不在家的人獨自工作。偶爾會聽到他跟其他人講電話，聽起來好像也有從事跟股票金融相關的工作。他是個用三支手機的人，我的號碼存在哪一支呢？他看起來總是對每件事不疾不徐，處之泰然的人，但仔細觀察就會發現他是依照某種規律分配時間使用，不是那種無所事事的無聊或事情糾結時的從容，而是「現在休息一下好了」這樣，冷靜享受自己的悠閒時刻。他想和我度過平凡的日常生活，而我必須老練接住他的需求，身為專業的人就必須俐落辦到對方想要的東西，因為我的職業就是專業妻子。丈夫在從B市回來後已經三天在外熬夜工作了，他以作曲家及製作人的身分正在準備某個人的新歌，但在檯面上琳琅滿目的新歌裡，我也不曉得哪一首才是丈夫的作品。感覺這是個非常細膩敏感的工作，從B市回來後他居然還能立刻進入狀況，真是神奇的人。總之，我希望在結束這段婚姻時，依然能維持在不清楚丈夫工作的狀態，以免日後某天偶然聽到哪首歌想起他時，我會很困擾。為了我自己好，也不能去侵犯他的私領域。丈夫不在家，下星期嚴泰成會來，那我趁這時候回家一趟好了。

——我回家一趟，期待你的作品。

——嗯，路上小心。

我帶著儲存照片的記憶卡回家，是之前用奧林巴斯相機拍的照片。在顯像的照片中，丈夫只幫我掃描了我挑的照片。我一回家也沒有想做相簿的念頭，就把包包放下了。鄰家奶奶不在反而有點無聊，現在也不知道隔壁住了誰。為了處理閒置太久的房子特有的霉味，我把窗戶統統打開，換穿舒適的衣服。我之前就打算要在今天把販賣機丟掉，我取出販賣機的材料桶倒掉內容物，重新裝回去後就把它搬到警衛室，這臺真的重到我路途中不曉得放下幾次。

「這應該要收多少錢啊？第一次看到有人丟販賣機。」

我請大叔自己看著辦，最後付了一萬元就回家了。我的歷史彷彿就分成販賣機有無前後一樣，非常痛快。我在原本放置跟汽車旅館冰箱差不多大的販賣機位置放了原本使用的咖啡機，雖然最近是滴漏咖啡或膠囊咖啡比較常見，但每次要喝都還要磨跟安裝實在很麻煩，我喜歡一次煮好一壺。我還在咖啡機旁擺了咖啡專用的砂糖和馬克杯，家裡的氣氛變得截然不同，彷彿搬進新家一樣。我順勢用吸塵器吸地、蒸氣拖把拖地，蒸氣拖把是奶奶把她跟年輕哥哥買的其中一把送給我的。

「沒關係，您用就好。」

「我家還有好幾把，妳就用吧。」

地板變得亮晶晶，是能讓人感受到打掃成就感的拖把。家裡變乾淨了，就開始在意從外面進來的灰塵了。我趕緊把陽臺的門關上並打開暖氣，打掃完整個人都沒力氣，我拿著小毯子躺在沙發上，在家睡的午覺真的非常甜美，打掃乾淨的家裡彷彿飄出新鮮西瓜的味道，真是暢快。

我因為擾人清夢的鈴聲睜開眼，完全沒換姿勢睡覺導致我的右手麻了。打電話來的人是信用卡推銷員，我敢說信用卡公司肯定都有在稽查顧客，不然他怎麼會知道我剛好回家還挑這時候打來。他說我的刷卡業績很好，要送我優惠，但這公司到底是找了什麼兩光稽查員，我根本沒有刷卡的時間。他甚至沒給我任何反駁的空檔，像在讀標準流程一樣滔滔不絕。

「抱歉，我要掛電話了。」

「我是客服員○○○，祝您度過幸福的一天。」

我哪時候找你諮詢了？幸福的一天就在剛剛被你破壞了啊！明明就是要推銷新產品，還硬拗是特地為我準備的優惠。到底哪裡有信用卡公司會代替結帳付款啊？明明就先要求我把錢存進帳戶，再用那筆錢進行支付，還一直強調這是「代替結帳」，甚至說明了以後可能會得的病，原來重點是保險啊。不是，四大疾病以外也還有很多需要預防的疾病不是嗎？所以我說這是保險嘛。客人，我剛說了，這不是保險。用點數結帳難道就不算保險了嗎？如果想用點數結帳，那我每個月要繳多少錢？它即便是不給點數的免費優惠，不也是需要用我的錢定期支付嗎？到頭來還不是用我自己的錢結帳，到底哪裡有代替結帳？我把電話線拔掉，拔掉後就變得像丟掉販賣機一樣痛快。我躺回沙發，這股寂靜，我閉著眼睛試著沉浸於這深深的寂靜中，希望至少今天一整天都讓我這樣過吧。

零一零四五四五八二四五，各位居民好，我來替您處理占空間又不用的電腦、冰箱、洗衣機。零一零四五四五八二四五，各位居民好，我來替您處理占空間又不用的電腦、冰箱、洗衣機……

什麼東西？這女人的聲音。聽起來很像防災本部緊急通知的聲音在停車場響起，仔細一聽，原來是中古電子產品的收購業者。到底想幹麼啊可惡，我真的舉雙手雙腳投降。你們贏了，所以不要再繼續下去了。零一零四五四五八二四五，各位居民好……我就算把陽臺的門關上，聲音也還是穿透進來。是矛與盾嗎？有中古產品的居民還在拖拉什麼，還不快點抱著東西去堵住那女人的嘴！大嗓門女人破壞了我的寂靜，但她很快又要為了其他地區的居民煩惱而離開。我依稀還能聽到她的電話號碼，零一零四五四五……我放棄了我的寂靜，起身疊毯子。

我把水倒入鍋子，冰箱空無一物，沒有東西可吃。我打開放泡麵的上層櫥櫃，可惡，居然連泡麵也沒有。我關掉瓦斯爐的火，坐在餐桌前，沒東西可吃讓我更餓了，要先煮飯再去市場嗎？要什麼時候才能做好吃飯啊？一個人叫外送也有點尷尬，所以我最後打給時靜。

「我回家發現冰箱是空的，快餓死了。」

「等我。」

時靜不多問也不追問，她正在來的路上。我每次出差，比起家人都會先想起朋友，我們十七歲認識，直到邁入三十歲的這段時間，她都一直待在我身邊。她真的是修女吧？就算我睽違幾個月突然出現，她也還是用神職人員的心態開心迎接我。時靜掛斷電話不久，門鈴就響了，這簡直比炸醬麵外賣還快，她不曉得是不是掃空自家的冰箱，雙手滿滿的。

「妳家是有直升機嗎？怎麼有辦法這麼快抵達？」

「別吵，妳先吃這個。」

時靜拿出煎得黃澄澄的白菜煎餅。

「居然還煎了餅？」

「怎麼可能？是剛好我媽在煎。」

我把一片白菜煎餅捲得像飯捲一樣吃下，連咀嚼的感覺都沒有就吞下肚了，煎餅還熱熱的，又脆又香。時靜媽媽的料理手藝是很出名的，能把很平凡的料理做得非常美味，像是白菜煎餅或泡菜湯、烤肉這類隨便做也能有一定程度口味的食物，她總能做出驚為天人的美味，還會讓人思考「原來這是這麼好吃的料理啊」，是會讓人想建議她去當廚師的程度。但時靜媽媽說如果懂太多反而做不出那個味道，畢竟沒有孩子吃媽媽做的菜會拉肚子，只要維持這個程度就好了。我原本飢腸轆轆的肚子全然接收了清淡的白菜煎餅，在我捲起第三片白菜煎餅準備要吃的時候，時靜把餐盒收掉。

「還要吃晚餐啊。」

「不是還很久嗎？」

「我立刻做給妳。」

答答答答，啪啪啪啪啪，廚房裡傳來輕快的聲響，雖然實力不及媽媽，但時靜也曾上過烹飪教室，具備準專家水準的烹飪能力。她讓人覺得可惜的技能不是一兩項而已，都只要再一點點，多努力一些些就能成為某個領域最強者。不曉得她在煮什麼，居然出現辦宴會時會出現的燉排骨香味，我問她在做什麼，她說是燉牛尾，原本是媽媽為了做給爸爸吃才買牛尾回家的。怎麼有這麼單純的小孩啊？我之後該買個上等牛尾套組送去了，真的很抱歉是我先吃了，伯父。時靜把蒸籠擺上去之後，還多弄了一會才終於坐在沙發上。我對她又抱歉又感激，想泡杯咖啡給她喝，但家裡連那該死的即溶咖啡也沒有。早知道就明天再丟販賣機了，我起身又覺得空手很尷尬，最後倒了一杯白開水給她。

「販賣機呢？」

「奶奶搬家時我送她了。」

「做得很好。」

「我趕緊去買咖啡回來。」

吃完晚餐肯定會想再喝，先買起來比較好。真不曉得哪有人跟原豆這麼不合，我在離家不遠的超市買了八十包入的即溶咖啡，妳就喝即溶咖啡喝到肚子長出咖啡豆吧。我一到家，屋裡充滿燉菜的味道，甚至還有野菜香，就像是大節日在準備料理的家裡，多買啤酒果然買對了。我幫忙時靜布置餐桌，連同時靜從家裡帶來的小菜一起上桌，看起來十分豐盛。在壓力鍋內徹底燉熟的燉牛尾柔嫩又勁道，她根本可以開燉牛尾餐廳了，這次是真的，她的年糕還不到可以賣的程度，但這次是真的很優秀。

「時靜，要不要我離職跟妳一起開燉牛尾店啊？」

然後就找到我，因為我懂她，但也不是能理解當時痛苦的人就都能當朋友。我曾經偶遇一位校刊社社員，然後他先開口提及了惠英。惠英本來就常來我們學校，來校刊社辦公室找我時曾經見過幾次而已。他跟別人介紹我是大公司W&L的員工，一看到其他人有點興趣就開始胡說八道，說什麼我朋友之中有個讓人頭痛最後死掉的孩子，明明他自己也不知道轉了幾手才輾轉聽說的，卻講得一副好像很懂跟我有關的事情，這也讓我怒火中燒。他甚至還說，交朋友的好處就是如果有不錯的女人要介紹給他。真的是王八蛋，我什麼時候是你朋友了？如果有缺就給我低頭加入會員啊，臭小子。我對他一臉得意臭屁的樣子也毫無興趣，卻搞得好像是我在巴結很偉大的客人。既然如此怎麼不驕傲抬起你的下巴直到最後？我有好一陣子受他的電話所苦，怎麼樣了？還沒有什麼好消息嗎？他的學經歷只是平均而已，但已經擺出一副自己是VIP的樣子，誰會替這種人牽紅線啊？因為實在是太拿不上檯面了，我就說他跟我們公司應該無緣，甚至還鄭重道歉。要不就正式加入會員，堂堂正正的接受公司介紹嘛，明明只是不想繳會費才想透過我私下牽線，還打算掉包會員資料要我幫忙牽線，那張破嘴到底在講什麼荒謬的東西啊？當時我也是只能來找時靜，因為時靜也認識那個混帳。

「時靜，聽說人類平均壽命是八十五歲，我們有辦法活到那時候嗎？」
「妳希望妳死的時候旁邊有誰在？」
「希望有我愛的人在。」
「那我陪妳吧。」
「言下之意是妳會活比我更久吧？」
「要不就我死的時候妳陪我啊。」

惠英那時候是如何呢？明明跟我們一起玩瘋，為什麼要挑我們不在的地方死呢？她怎麼會變成一個連說出名字都覺得痛苦的存在呢？剛上高中不久時，時靜帶著她的便當來找我。一起吃吧，好。幾天後惠英也用差不多的方式加入，雖然我們的初見面很平淡，但也不知不覺成為三劍客，一起去補習班跟寫作業。回顧當時，我們真的非常膽小，我更是特別嚴重。我看到那些只顧著玩的孩子都覺得很神奇，玩成這樣還有辦法做自己想做的事嗎？我爸工作到屆齡才退休，雖然是中小企業，但也當到專務的位子，即便如此，他依然成天擔心我和哥哥的學費。媽媽則是會在一年一兩次大特價時才買衣服，雖然父母讓我們兄妹倆過得衣食無虞，但也沒有富足的感覺。我要花多少時間才能爬到能賺爸爸年薪的位置呢？我想在三十三歲時擁有自己的房子，但算了算我上班後領的薪水，別說房子了，連套房都買不起。難道只剩考試院了嗎？那我又是為什麼這麼拚命讀書呢？我越想越生氣，越煩躁，能稱得上小小放縱的休閒就只有考試結束後去夜店玩而已。即便如此，我隔天還是會去上學、補習。那個膽小鬼長大成為現在的我，我怎麼想都覺得，我也沒有過得比當時顧著玩的孩子還幸福。那跟我沒什麼兩樣的時靜呢？妳現在幸福嗎？我們為什麼會變成這樣的傻瓜呢？

「時靜，我們真的很像神經病吧？」

「只有妳。」

「幹麼這樣啊，冒牌修女。」

「妳為什麼只看未來？如果還有脖子，就回頭看看吧。」

「還是妳其實是什麼避孕藥公司的ＶＩＰ嗎？把妳收到的樣品給我看看。」

時靜瞪著我起身，在茶壺裡裝水，她從剛剛就一直輪流喝著咖啡和啤酒，真是個特別的孩子，她以前甚至還只喝麥茶汽水，那是不像啤酒也不像可樂的碳酸麥茶。因為賣得不好很難找，她還特地去大賣場買整箱回來喝，偶爾還會分一瓶給我。當時是吃什麼都覺得好吃的年紀，所以給了我就吃，但在我知道她沒有給惠英的時候，我也不喝了，我不想因為這種無謂的小事讓自己有疙瘩。喔對，我還要做相簿，我都忘了。我猛地起身整理餐桌，把大的容器丟進洗碗機，比較小的餐具就自己洗，時靜負責整理剩下的食物，我把流理臺的水漬擦乾淨，也把抹布擰乾披掛晾乾。時靜又在泡咖啡了，在收拾乾淨的廚房裡喝的咖啡還真好喝，我雖然懂這種感覺，但希望妳今天可以先走了，洗碗機已經開始殺菌消毒了。

「時間不早了吧？」

「我要睡一覺再走。」

17

閒著沒事打開電視，新聞正在播最近研發出跟小南瓜差不多大的蘋果西瓜，是可以像蘋果一樣削來吃的西瓜，要說明這一顆西瓜需要提到三種農產品。但西瓜的優點不就是不用削嗎？有種把西瓜剖半時的喜悅消失的感覺，用水果刀把蘋果剖半會有那種感覺嗎？雖然因為重量很輕，也很適合老人搬，但其實挺貴的。西瓜是庶民水果耶，看來要有更多有錢庶民才能消費得起了，然後我又覺得，有錢人哪是庶民？所以我的想法就打結了。我繼續看新聞才知道，今天所有收成的蘋果西瓜全都送往百貨公司了，它果然不是庶民水果。時靜反駁我的主張。

「庶民就不去逛百貨公司嗎？」

「去啊，但會一直很在意荷包吧。對真正庶民來說，他們的百貨公司是大創。」

我們繼續看電視，聊著這種不著邊際的話題，我把電視關掉，再拖我就來不及做相簿了。

「時靜，我忘了我還得做我們部長的相簿。」

「指使休假的下屬做這種事正常嗎？」

「這就是職場生活啊，但還能怎麼辦，我只能邊咒罵邊做囉。」

我把記憶卡插進電腦開始印照片，我用了A4大小報告用的白色厚紙，厚度是即使雙面彩印也不會滲透的那種。雖然也有專用相紙，但那個太厚了，不會在需要護貝時使用。今天的量不多，所以我都印成單面，並把它們統統攤開來讓墨水更容易乾。我從哥哥房裡拿出護貝機和裝訂機，時靜就把護貝紙和裝訂封面拿來，我們以前常常一起做，她很自動自發地幫忙。

「扣環用九公釐的可以嗎？」

「七公釐的就好。」

我把照片放進護貝膠膜，時靜用機器幫我護貝，我們的默契很好，之前也一起做過爸爸登山同好會的相簿。時靜看到護貝完的丈夫照片起了疑心，她說對方的氣質不像上班族，如果當到部長，臉上應該看得出這段時間為了存活下來，努力碰撞和競爭所形成的壓抑痕跡才是。而那些痕跡會帶來成果，並顯現出政治性威望，以他這段時間的經驗迅速認知並判別局勢，為了圓滑執行業務，明確區分該低頭和抬頭的時機。與退出第一線的常務級以上幹部不同，部長依然處於實務競爭，工作上也有很多招待場合必須出席，是最適合給予「我們沒有把你想得這麼糟糕」認知的位置，不多但也不少。「因為社長正在出差，專務去了工作坊」說完這些話又得倒一杯酒的部長，心情會是如何呢？如果能碰到立刻掌握氣氛說一句「我懂」就帶過的人還好一點，但如果遇到即使是部長出席也一臉踩到大便的表情坐在那邊的垃圾，部長的悲歡就會一股腦湧上。幹麼降低你們公司的格調啊，如果想見更高層的人，等你長大之後再來吧。往上會被懷疑領導能力，往下則被埋怨及攻擊無能是常有的事。在代表和理事們大舉出席的該死的送年會上，部長即使是幹部也不被當成幹部看，不是普通員工也得用普通員工的心情接酒。丈夫的臉上沒有這種風霜與勞苦，連這也被時靜看出來了，這個職場生活加起來不到兩年的女人還真懂喔，應該是受直到晚年也還在公共事業理事位置上活躍的爸爸影響吧。

「那些從沒見過的其他高層幹部都不重要，部長在第一線就是老虎。」

「不要轉移話題，那個年紀很難出現這種氣質的，這男人不錯。」

「要介紹給妳嗎？」

「他沒結婚嗎？」

「離婚了。」

「那肯定有很多女人，我沒興趣。」

「離婚了就會有很多女人嗎？」

「他有種很微妙的感覺，有很多女人會被這種離婚男吸引啊。」

時靜再次閉上嘴，嚴肅地護貝。她為什麼這樣啊？據我所知，時靜跟兩個男人有過很短暫的戀愛，短暫到要說是戀愛還有點尷尬的程度。因為她旺盛的好奇心從事各式各樣的興趣活動，想談戀愛也不太容易，但為什麼都不去談戀愛啊？還真是夠有節操喔。但她也不是連嘴巴都端莊的孩子，今天卻非常安靜。她看著丈夫的照片彷彿在鑑賞古董一樣，也不看我一眼，就叫我把之前用過的韓紙拿來。因為她的語氣太過認真，我甚至沒有任何回嘴就把韓紙箱搬出來。時靜用手撕開韓紙，裝飾照片，很快就完成了一片長滿波斯菊的原野。原本單調的照片出現生機，長得更適合裱框，裝訂成一本反而可惜了。丈夫很適合波斯菊，這也是我最喜歡的花，時靜是在丈夫的哪裡看到了波斯菊呢？時靜問我。

「妳最近喜歡哪種類型？」

「蓋瑞·歐德曼，讓人膽顫心驚的性感。」

「如果那種男人說要跟妳交往，妳會答應嗎？」

「那種男人必須是別人的才會看起來更性感，妳幹麼突然問這個？」

「我只是好奇，但這個男人不是蓋瑞·歐德曼那種型啊，你們睡過了嗎？」

「妳那個隨便腦補的毛病又犯啦？又要這樣搞是不是？好，妳有做過魔鬼終結者性愛嗎？這男人很常讓妳覺得快結束的時候又突然『I'll be back』復活過來，快感會在身體裡像鞭炮炸開，然後他的背上就會展開翅膀。啊，現在要離開了嗎？再見。就在此時，他又會把翅膀收起來輕聲說『I'll be back』，然後又直接進來，妳懂什麼是天界的科幻性愛嗎？」

時靜淺淺一笑，又繼續裝飾照片。有什麼好笑的，說不相信還不是統統都會相信。我做了封面，一般都是寫「文亭山岳同好會，二〇〇九·〇四」就結束了，但這次時靜卻在下面多用韓紙做了一對男女的剪影裝飾，僅憑人的型態就做出依戀、寧靜的氛圍。我用裝訂機在護貝好的照片打洞，時靜在前後都加上聚丙烯材質的封面，穿過扣環完成這本相簿。這是到目前為止做過的相簿中，最氣派的一本，時靜一頁頁翻著完成的相簿問我。

「妳現在還是不拍照嗎？」

我不自覺地緩了口氣，時靜想講惠英了，但我還沒準備好。即便只有我們倆談論以前一起玩的事情也還是很難，我也討厭自己不只覺得惠英可憐的鳥肚雞腸，我依然對於我那些消失的照片感到生氣，我擔心我以為的死亡，其實跟被刪除的我有關。萬一我是自己也沒有認知到的加害人該怎麼辦？我淡淡說了「嗯」，避開時靜的眼神。

我實在忘不掉修能考試（註4）那天，但不是因為考試的關係，而是那天是惠英離開我的那天。那天晚上我們在弘大附近的夜店玩，一般來說我們都喝啤酒，但那天惠英還點了威士忌。我連一杯威士忌都喝不完，太烈了，所以我一喝就立刻吐出來，但惠英還是一直要我喝。我如果只舉杯但放下酒

註4 修能考試為「大學修學能力試驗」的簡稱，即決定全國高中生能上什麼大學的考試，又稱為韓國學測或者韓國聯考。

杯沒喝，她就會鬼神般地發現並責怪我。後來她跟其他男人一起跳舞，不知道是不是因為我醉了，老覺得跟惠英一起跳舞的男人一直在看我，甚至還有個男人來問我幾點要走。臭小子，瘋了嗎？這裡的水質不好，我還想換夜店了。惠英像個瘋女人一樣周旋在不同男人身邊磨蹭跳舞這點也讓我覺得丟臉。時靜好像也生氣了，說要先走，但我們怎麼能丟她一個人走呢？於是我走向惠英，抓著她的手。

「走吧。」

「為什麼？」

「走。」

「為什麼要走？」

「走啦，瘋女人！」

在這個過程中，我們也和其他男人起了口角，因為惠英突然用讓人不悅的方式輕拍了原本一起跳舞的男人幾個巴掌，甚至還咒罵了對方，當然立刻就被揍了。雖然我們知道是惠英的錯，但我們畢竟還是三劍客，髒話連發的我們趁著員工出來勸架的空檔跑了，一出夜店，我們死命跑到遠東電視臺停車場躲起來。惠英一邊跑一邊抱怨，躲好之後開始放聲大哭，真的好煩，她用一副「我們在這裡」的感覺哭著。後來追上的兩個男人站在電視臺前大馬路上大吼，在我們擔心被發現，連大氣都不敢喘的狀況下，惠英依然像個瘋子一樣哭泣，她那悲劇般但過分誇示的哭聲真的讓人非常想甩她一巴掌。

「妳們再被我看到就死定了！」

真是幸好，那些男人留下這句話就走了。

「妳是那種躲在窗簾後面哭哭啼啼，最後會第一個被殺死的幾秒鏡頭神經病配角嗎？這種狀況下連配角都不會哭好不好，妳瘋了嗎！」

然後我立刻招計程車回家了，雖然過幾天後我們互相道歉了，但我因為某種莫名的不愉快感，再也無法像之前那樣對待惠英。在那天以後，我只要看到她就會覺得很煩躁，很討厭。我一旦出現討厭的情緒就很難扭轉，不管對方再怎樣示好，我也不會為之所動，而且我也無法隱藏。惠英也懂，她是個善良的孩子，那天在夜店的異常舉動也是第一次出現，是可以一笑置之的事。但我為什麼會這麼厭惡她呢？我想盡辦法避免只有我們倆獨處的狀況，雖然大考結束後時間變多了，但我用擔心再遇到那些男人的藉口，不再去夜店了。如果說要換區域，我也會找適當的藉口推辭。惠英甚至還為了學生時代最後一次寒假規劃了旅遊行程，我說家裡反對，其實是假的，但最後旅行也取消了。即便如此，她還是一定會來我學校等我，我只要遠遠地看到惠英在那就會改走其他方向。惠英不再是我的朋友了，是我對一個善良孩子太無情了嗎？所以她才會把我的照片都丟了嗎？

「是我當時對惠英太過分了嗎？」

我盡量雲淡風輕地問，時靜不需要因為我的緣故也得把好友埋在心底。這是「我沒關係，妳可以說」的信號，時靜合上相簿，丟在桌上。

「妳如果討厭她也沒辦法，惠英也沒做對什麼事情。」

「惠英應該也很討厭我吧，但我至少沒動照片。」

「那個是因為我才這麼做的。」

「因為妳？」

「因為我喜歡妳，她才丟的，是比夜店那件事更久之前的事。」

突然一切茅塞頓開，我也不得不調整我的呼吸氣息。三人組常常有兩個人一組，剩下那個人跟別人一組的狀況，這或許就是奇數的宿命吧，但主要會同組的人都是時靜和惠英，甚至是我還問過妳們倆在交往嗎的程度。但我也沒追究，我對這種事比較無感，她們倆要一起去廁所，或是先一起去補習，我也不會覺得怎樣，也是因為這樣，我們才能維持很長一段時間的三角均衡。但為什麼時靜突然說她更喜歡我呢？即便如此，惠英就因為這點嫉妒把照片丟了嗎？惠英是善良到足以讓我們有罪惡感的孩子，沒有特別想要什麼，也沒有特別喜歡什麼，但她總是會做些什麼帶來，她之前還努力做了幼稚的小雞手套帶來，連馬馬虎虎的重點筆記都做得像族譜一樣，如果有誰生日，她會幾天前就開始苦惱。隨著我們的交往越密切，罪惡感也隨之累積，她是一邊讀書還找空檔做這些，還是做這些東西再找空檔讀書？是天才嗎？她有睡覺嗎？總之是個一直接納我們的朋友。成年派對也是如此，在夜店事件後，雖然我們的心已經疏遠，但她畢竟是個善良的孩子，我也很難拒絕，而且她說下學期就會去澳洲打工度假，就更是如此了。這不是為了離開的她，而是為了留下的我們所辦的派對。她明明對我這麼好，卻在更早之前就把我的照片丟掉，幹麼像個小孩子這麼幼稚？

「妳們在我不知道的時候瘋了嗎？」

「愛原本就是瘋狂的。」

「誰愛誰？」

「惠英對我，我對妳。」

太晚了，該收拾了。我摸摸護貝機，已經散熱得差不多了，我把電源關掉，插頭拔掉。我很想硬拗我聽不懂妳在說什麼，但我身體知覺卻行動得非常一絲不亂，我的身體在說「妳明明懂，幹麼這樣」。我在整理護貝機和裝訂機的電線，時靜在我身後伸出手臂環繞我的肩膀，媽呀……讓開，我要收東西，我一邊這麼說，一邊稍微閃身。冷靜點，時靜本來就像孩子一樣常常掛在我身上，很喜歡牽手也很愛抱抱，我平常都乖乖待著，如果突然甩開會有點尷尬。原來妳是這種心情啊，我把這段時間時靜說過的話組合起來，高一時我們一起喜歡過三年級的女童子軍學姊，我們對她男孩子氣的那面相當沉迷。

「仁智，如果學姊問妳要不要交往，妳會怎麼辦？」

「當然立刻交往啊，即使是地獄我都跟她去。」

「那如果是我問妳呢？」

「妳先有那個學姊一半程度的性感再說吧。」

大學時，我一見鍾情的校刊社學長也是時靜系上的學長。

「時靜，妳們系上的校刊社學長有女友嗎？」

「有男友。」

「我就知道他有哪裡不太一樣，真羨慕那個男人。」

「妳羨慕的話也跟漂亮女生交往啊。」

「漂亮就好嗎？也得喜歡我才行吧，笨蛋！」

時靜喜歡長得柔弱但有男子氣概的男人，所以我也一直這麼以為，對於同性戀的話題也沒特別在意，只覺得這是討論戀愛時自然而然會出現的話題而已。我相信愛是一種超自然現象，是毫無理由會被吸引的強烈衝動，即使這股衝動是向著同性而去也沒辦法，哪有人有資格去阻擋呢？人類真的能阻止超自然現象發生嗎？我平常的想法就是這樣，只是我沒有從同性身上感受過愛而已。惠英是在高二時把我照片丟掉的，高二時她們倆同班，只有我不同班。雖然這不重要但，我的頭好痛，所以惠英也是嗎？算了，我知道這些要幹麼。

「為什麼現在才說？」

「我本想在考完修能那天跟妳告白的，結果事情卻變成那樣。成年那天我也想認真跟妳告白，但那天也變成那樣了。三十歲了，我已經算是很會忍了吧？但妳現在應該覺得我完全不性感吧？」

「妳跟我對性感的標準應該不一樣吧，妳覺得三線拖鞋比高跟鞋還性感吧？」

「什麼？」

「妳穿白襪子又穿拖鞋的時候，哈……總之很要命就是了。」

「我只是因為赤腳穿會長繭跟有味道才穿的！」

「要喝咖啡嗎？」

我往茶壺加水，一邊撕開即溶咖啡包，一邊聽時靜說話。惠英和時靜高二曾經短暫交往過，時靜笑著說我跟她們又不一樣。

看來應該是指她們倆形影不離那時候吧，我還以為只是朋友之間牽手搭肩而已，有一次看到她們倆吃冰淇淋還親了一下，被我罵了一句也一笑置之帶過。

彷彿是心情很好的孩子們的親親，時靜也曾用這種感覺對我噘起嘴，我捏了她的嘴唇後再用我的嘴唇壓上去，但我沒什麼特別的感覺，只覺得真是可愛的小丫頭。

時靜說惠英之所以會把我的照片丟掉，是因為她向對方提了分手。她擔心會被我發現，決定退回朋友關係，但惠英無法接受。對了，那個毛手套！那是惠英高二寒假時織給我的手套，掌心有一顆半心，惠英跟時靜的愛心是湊得起來的，但我的卻跟任何人都湊不成對，形式跟尺寸也不一樣。惠英說她會幫我找到我的另一半愛心，時靜好像還因為這樣有點生氣吧，所以時靜都不戴那副手套，她說很老氣。雖然確實有點土，但我因為覺得保暖就都戴著出門。

「喂！我再買其他手套送妳，妳不要戴那副！」

「買給我吧，戴兩副一定更溫暖。」

「妳不戴手套是會凍死嗎？」

從那時候我才因為要看時靜的臉色，就不再戴那副手套了。

原來是因為我才會這樣啊，那我也真是夠荒謬了，居然完全沒發現。

「那妳那天為什麼要拿走手套？妳還留著嗎？」

「我希望她在那邊要找到適合她的愛情，連同我的一起燒掉了。妳那顆鈕扣呢？」

「還在。」

「那是我國中制服的鈕扣。」

「妳們倆還真是厲害喔，要還妳嗎？」

「被妳拿走剛好啊，我幹麼拿回來？」

時靜的鈕扣輾轉流連到了我的手上，這小東西還真是讓人心煩意亂。我遞咖啡給時靜，然後整理我用完的器材。原本想吸地但又擔心灰塵掉進咖啡，於是我先把器材搬進哥哥房間，撿起掉在地上的韓紙紙屑。

「咖啡真好喝，愛妳。」

「胡說什麼，把腳拿開。」

嚇我一跳，這不是她平常會講的話，今天是故意的嗎？不給人思考餘地就直接貼上來。因為我的留戀，直到現在才懂朋友的真心也讓我感到抱歉。我的愛一直都在時靜的正對面，所以沒有空檔見她。即便沒有開花結果的愛情，我也總是看著另一邊，但現在看到了，我該怎麼辦？如果要我當個一輩子替她泡咖啡的朋友，我是很有信心的，還是要去把販賣機找回來？如果時靜是異性，那她肯定老早就告白了，然後我們會成為同齡的情侶打打鬧鬧，度過一個友愛又親密的夜晚吧。但是時靜，啊，我頭好痛，兩個女人到底可以幹麼？就算激情地脫掉衣服，火辣地袒裎相見，然後呢？親密牽手睡覺嗎？這種類似的事情我們已經做過很多遍了，在汗蒸幕也能很自然脫得光溜溜，袒裎相見之餘甚至還比了尺寸，洗完澡出來也在睡眠室一起睡覺。但這跟那種是完全不同的概念吧？愛情真難，我把收集的韓紙紙屑丟掉，走進浴室。

我和時靜的牙刷並排放在浴室裡，原本看似理所當然的東西都變得陌生，家人一搬到鄉下去，時靜就跑來放一堆她買的東西。雖然都是牙刷、毛巾、馬克杯或拖鞋之類的小東西，但統統都是成雙成對的。我原本沒多想，但她肯定很開心吧。原本想說在沙發上睡，但又覺得有點老土，就一起躺在床上。靠在我身邊躺下的時靜一直讓我很在意，我微微抽離身體側躺，是我白動作了嗎？我全身用力導致我的脖子好緊，我稍微挪了枕頭，時靜問我。

「妳應該不會跟那個部長結婚吧？」

「什麼？」

「應該只做科幻性愛而已吧？」

「嗯……」

「晚安。」

她會不會還是處女啊？因為沒有實戰經驗，只看情色片才會相信那種科幻性愛是真的可能完成的？這麼純潔的處女為什麼會喜歡我啊？很久以前有個男人離開我，然後有個比他愛著我更長一段時間的女人，那個男人至今還沒回來，那個女人現在躺在我旁邊。為什麼是我？我看著時靜的嘴脣，要接吻嗎？不，我覺得不行，我的身體也沒有動作。時靜睡得很沉，看來她因為總算說出口了，覺得鬆一口氣吧。她把別人弄得心神不寧，就她自己呼呼大睡，也就三個朋友而已，關係為什麼會這麼複雜？再多一個人應該就沒辦法善終吧。感覺時靜也覺得惠英的死跟她自己有關，總之我們都沒有展現出惠英期待我們表現出來的心意，還在某個瞬間起就完全阻斷了。這也太不算是朋友了，惠英可能老早就有這種念頭了吧？如果她是因為要放棄我們才死的該怎麼辦？拜託千萬別是這個原因，我好害怕。「不不不，她們有兩個是朋友，但有一個不是吧」，如果出現像證人的人講這種話該怎麼辦？如果時靜一直都是惠英的戀人，離開時會比較不那麼痛嗎？那是無法盡情攤在陽光下的愛情，如果攤開來，就必須承擔攤開的痛苦，這都是因為那些非要她們縮在角落裡的人造成的。想把這種愛情也掏出來攤在陽光下晒乾，希望每個人都能體驗乾爽舒適的愛情，也希望沒有人會因為愛情而哭，更希望時靜不要因為我變成那樣。

我起床時，時靜已經做好清淡的大醬湯和飯消失了，她這麼勇敢告白完，大概是覺得一大早要遇到我很害羞吧。因為是她好不容易說出口的告白，我應該也要表現出有在考慮的樣子。但她幹麼像個笨蛋還準備了早餐才走，我喝了大醬湯，真好喝，這段時間我都把時靜的愛定義為友情，好不容易終於撥雲見日，但我的身體卻沒辦法有任何動作。該死，我的身體對時靜做的大醬湯反而更加誠實地有了反應與動作，我既感激又抱歉地傳了訊息給她。

——大醬湯超好喝。

——妳也這樣愛我吧。

我看了好久，回了一句短短的訊息。

——愛慘了，可以了嗎？

我簡短說明這是手藝很巧的朋友幫忙的，我不想讓時靜涉入這個私密的世界太深，我也不想對這些人選擇的NM婚姻說三道四，即使結婚制度是經過長久歲月而認證的生活型態，他們也還是對此感到不自在。不管是替代方案或快樂，他們都需要這場婚姻。但反過來說，我也不會因為熟悉習慣與制度就嘲諷這是迂腐的生活，熟悉不代表迂腐，必須受制度保護的人也肯定存在。時靜的愛還沒辦法突破習慣與制度，但她也不會因為這樣就去嘲諷異性戀，只是羨慕他們能理所當然表達自身的愛罷了。愛情怎能用簡單的幾種框架斷言定論呢？人類如果活了五百年，就不會像其他人一樣活著活著就死去，但我們總是沒有足夠時間去改變方向。只有像別人一樣的生活記憶會遺傳，不同活法的記憶會因為壓迫而消失。我很遺憾時靜的愛情每次都得像第一次歷經碰撞，而我無法接納那份愛更是如此。如果我還有愛的話，有可能做到嗎？我也不知道。

「妳待在家。」

「嗯？」

「那個男人，我去帶他回來。」

我被突然冒出的這句話嚇了一跳，丈夫講得好像是簡單的接人而已，原本還怕他是不是忘了。丈夫拿著相簿走上二樓，應該會把它插在收藏專輯之間吧。於是我刻意在這裡留下了明確的痕跡，與其被當成是撿到不小心留下的證據保管，不如我直接送了再走會更好。只是我有點擔心後面接手的FW，書延肯定總有一天會跑出來揭曉她本人的存在，又會帶著對方一起上二樓吧。到時候如果看到相簿會怎樣呢？老公，二樓有本奇怪的相簿耶。是前妻做的。她肯定會對這感到不愉快，畢竟知悉跟親眼目睹的感覺還是不一樣。我剛進公司每次結婚都會把寢具和餐具換成新的，我不喜歡別人赤裸翻滾過的寢具和進過別人口中的餐具，現在就覺得人生差不多也就是這樣，頂多時候到了就去洗一洗消毒而已。我也不知道這是變懶還是無感了，總之我就是變成這樣，也適應了。難以適應的痛苦之處並非這些生活瑣事，而是人。不曉得是血液濃度還是細胞性質不同，涇渭分明的一是一、百是百讓我覺得很痛苦，有種跟我形象類似但完全不同的物種見面的感覺。嚴泰成也是如此，他感覺不像人類，是個回到家就像沒切過的年糕，會軟軟蠕動的怪生物體，一到早上又會變身為人形的怪物。所以他的昨天會消失，每天都像重新開始的反覆再反覆，不斷反覆。希望我人生中的這種人，他是最後一個了。

車窗貼滿全黑隔熱紙的丈夫車子開進汽車旅館停車場，停車時我等了一下，看到丈夫下車我才走近。

「很早到嗎？」

「沒有，剛到而已，嚴泰成先生呢？」

「來。」

嚴泰成在後座縮成一團，說是來的路上一直在睡覺。丈夫微微抓著他的肩膀，他睜開眼睛。他一睜眼，我才總算明確感受到他的存在。是啊，他就是長這樣。因為丈夫的工作有點狀況，所以比原本計畫晚了一星期才去接他，這段時間他氣色好多了，臉上的蒼白感也已消散，只是把頭髮剪短跟好好洗個澡，人就變得非常不一樣，左眉到耳垂的傷口也貼了乾淨紗布。我們帶著他到先預約好的二樓房間，這是一間非常古典的汽車旅館，床旁邊有小桌，化妝檯旁邊有小冰箱，沒有衣櫃，但有個圓木掛衣架。丈夫已先支付一個月的住宿費與餐費，嚴泰成坐在地上，背靠著床，我把我簡單準備的食物放在桌上，我說餐盒可以丟掉，但總覺得白說了。他不發一語地看著餐盒，緩慢起身躺在床上。我們放下他走出房間。抵達大廳時，汽車旅館老闆站在門口。

「剛剛上樓那位客人是一個人吧？」

「對。」

「如果他想提早離開該怎麼辦呢？還要退費有點麻煩。」

「不用退費，他如果離開了，電話通知我一聲就好。」

丈夫沒有多說要請老闆特別照料的話，老闆也沒有多問理由，我對他輕輕點頭示意後上車，總之現在比他待在祈禱院時更放心了一些。他現在在想什麼呢？會不會在思考自己到底做錯什麼呢？不知道，光這樣看都是些微不足道的事情，也沒什麼好說的。就算報警說他一直跟蹤，也只會給予他注意跟警告而已，但我卻會在他每次出現時都希望他就這樣死掉，在沒什麼特別理由的狀況下處理他一直讓我很掛懷，這也不是什麼大條到需要殺人的地步。但就像嚓嚓幾次就會突然擦出火花的火柴一樣，要是再出現一次就要殺了他，這種反覆的礙眼讓我動了殺機，感覺我變成一個想在他那張笑臉吐口水的女人。為什麼討厭的人都要來把我變成壞女人呢？是他太天真嗎？如果上了年紀還這麼天真，就像個還在吸奶瓶的老人一樣噁心。到底是做錯了什麼？不適合的我們見面就是一個錯誤了，真煩，我搖下一半的車窗。

「老公，我為什麼只要看到那個男人就會生氣呢？」

「肯定的啊，『抱歉我要先走了，我時間不行，對不起，抱歉請你出去』，他不是一直讓妳得感到抱歉嗎？他是個自己先來招惹卻接受道歉的人，道歉和拒絕是多沉重的事情啊，這跟說謝謝、ＯＫ的感覺不一樣，會讓人變得非常洩氣。如果真的想要維持良好關係，就不能製造出對方必須道歉個沒完沒了的狀況。」

我看著丈夫，等我到他這個境界也會變得這麼明快嗎？真帥。

「現在看來你真的很帥。」

「這方面是滿常聽人家講的。」

總之，他因為受我牽連而開始非人道祈禱院生活，我連之前的事都還來不及接受道歉，就變成我必須向他道歉的狀況了。我好想把頭埋進蔥長得很高的蔥田裡大吼大叫，靠！我到底欠你什麼！總之，雖然他現在看起來像個遊民，還是希望他能在休息過後找回之前明朗的模樣，也希望他能回到願意接受他那份明朗模樣的人身邊。聽著人家說他好看，用好看的樣子過生活，永遠都不要再出現了。

丈夫結束外部錄音後，在家做技術部分的工作，我以為錄音一拖再拖，會花更多時間。但看起來是個不太滿意的錄音，一稱讚歌手做得好，對方就僵掉又把整張專輯唱成一首歌。在那個時候結束錄音是為了對方好，他無法用任何惡毒的話，在目前已盡自己全力的對方身上插匕首。有能因為被罵而成長的人，也有不能的人。建言和咒罵是不一樣的，咒罵通常都把自己的見解擺在最前面侮辱對方，以我媽來說，她深陷於自己有講這種話地位的自我陶醉中，如果像她那樣把這作為權力炫耀的宣洩就真的糟糕了。給病又給藥的做法不過只是優雅的自我防禦而已，天曉得他會不會有一天噴出更惡毒的毒液呢？救命，丈夫也就此昇華成藥吧，但他也不會因為害怕噴回身上的毒，在看到問題點了還隨便帶過。他是個比起他人極限，更明確了解自身極限的男人。

「我已經沒辦法多做什麼了。」

「製作人是不是有點不負責任啊？怎麼不加點樂趣去作啊？」

「如果夭折就會是有趣的工作了。」

從只聽幾段就會說出很少有人能唱得比他更好來看，應該是個非常會唱歌的歌手。但聽完整首歌卻又覺得鬱悶，想問這首歌何時才結束？每句每小節都接著唱下去，會讓聽的人找不到喘息空間。是誰啊？像解開線團的線一樣，能夠連續接唱的歌手，不管丈夫說什麼，我腦中動員我所知道的歌手姓名。要幾歲死掉才算夭折？五十幾歲應該很難被看作夭折，所以到底是誰？連續接唱也算是對方某個時期的招牌唱法了，但現在聽歌的人已經對此感到疲乏。

「如果他目標不是讓那個唱法登上金氏世界紀錄，總有一兩首歌能用不同唱法來詮釋吧？但他不行。」

「這算他個人的特色吧，尊重他囉。」

「噢，你們倆講了一樣的話。」

「是嗎？」

「所以我也說了，就這樣辦。」

後來，工作進度一瀉千里，就像到了發行紀念專輯的時期那樣，至少出了他本人也能生理高潮的專輯，作為自慰用也足矣。專輯會不會成功都要看老天的意思，但我所關注的重點並不是隱身於面紗後的歌手，不管是生理高潮或看天吃飯，那都是對方自己的事情。我關心的是我丈夫，他越來越常講跟他工作有關的事了，把該避掉的內容避掉，但仍願意侃侃而談。這是第一次結婚時難以想像的事，但他還在等我說我的事。妳過得怎樣？不好說，還好。我目前還是這樣支支吾吾帶過。他究竟想要知道什麼？對著和我朝夕相處的丈夫，我還有什麼新話題可以聊？這次出差碰到的丈夫有點稀奇，他的酒品是喝醉會買酒，而且不管喝再多都看不出醉意，應該是沒辦法用酒測機測出來的程度。警察如果看到他買酒，就必須衝去給他一張罰單才行，原來買了十二瓶啊，要取消駕照了，可能只能聊這些吧。丈夫斜靠著沙發扶手看向我，我假裝沒看見，開始甩和折洗好的衣服。

「老婆。」

「嗯？」

「老婆。」

「幹麼？」

「老婆。」

「幹麼！」

哈哈哈！丈夫拍著沙發把手開始笑。就算喝酒也看不出來的人，居然笑到自己的臉開始漲紅。為什麼會這樣？他是被自己口水嗆到嗎？別管他了。毛巾晒得很鬆軟，牛仔褲就像吃了漿糊一樣硬邦邦的，如果對折應該會有折痕吧，必須直接掛起來。我叫丈夫去拿點吊褲子的衣架，他卻開始瞎說。

「我每次都覺得妳這時候最漂亮了，回我『幹麼』然後看我一眼的時候，不會太刺激也不會太消極，有種很悠然的感覺，怎會這麼若無其事地回答我『幹麼』呢？是個聽起來毫無緊張感的『幹麼』。」

到底在胡說什麼東西，是因為開始復甦的春天氣息整個人心神變得慵懶了嗎？『幹麼』就是幹麼的意思而已，哪有這麼多可以腦補的東西？我把牛仔褲放在桌上，叫了丈夫。

「老公。」

「幹麼？」

「『幹麼』這句話比想像中更性感耶？做一次吧。」

哈哈哈哈！丈夫開始鼓掌大笑，那個歌手到底是做了什麼事才會讓他變成這樣？做愛的時候他也在笑，真的該照照鏡子看到底有多詭異。防備著我不要更靠近的人是丈夫，但他最近卻常常自己跨越那條界線，感覺比之前更信任我了，但過深的信任會把對方拉往其中一邊束縛，就沒有所謂同等的位置，只有吃掉跟被吃掉的差別而已。兩人之中誰的嘴巴更大就不用多說了，是要給，還是不給呢？我沒有想咬住那份粗糙信任的餌，客戶，如果你不想一輩子都看到我的背影，請把那個餌拿開。要咬不咬隨便妳的那種餌是沒有吸引力的，擔心被吞噬也要咬住的餌才是真正的餌，也才會讓人動心啊。我不特別看好空白支票的原因也跟這很像，感覺是個把全盤信任都鋪成誘餌的圈套，搞清楚自己的處境，作決定和責任也都是妳自己負責，但虛張聲勢的部分是我來。我的第二任丈夫就是這樣，在即將期滿離婚之際，他提議我們不要透過ＮＭ，在外面一起生活幾年，還叫我講出我的期望金額。

「真要說的話就是空白支票吧。」

「一百億。」

然後這件事也不了了之，我知道他有幾兩重，他怎麼好意思假裝自己是億萬富翁呢？如果他想表現出何謂富翁，就算不能在泥濘路上鋪上電動步道，起碼也要鋪個地磚吧？他馬上撤回決定並揶揄我。

「如果出事妳要負責嗎？」

「這提議難道是我提的嗎？」

「世上也是有所謂公道價這種東西的。」

「所以說你不要再測量我的底線，直接說你覺得我值多少錢啊？這樣就能簡單的用ＹＥＳ或ＮＯ解決這件事，你幹麼這麼糾纏？」

風險是提案方必須承擔的，如果我喊出比預期更低的價格，他難道會說出「不是，妳應該要多拿點吧」嗎？但他的預期金額應該也是個難以啟齒的數字，開賓利的傢伙給老婆買地鐵月票就不錯了，哪可能會再給更多。我乾脆用我自己的年薪買賓士車還差不多，混帳，我才不要。最後一個晚上，他說他只是想把我從ＮＭ救出來才這麼說，叫我不要誤會。我難道有被綁架？因為我ＮＭ妻子當得很好，還以為他是特別喜歡我，結果只是想用更便宜的價格享受而已。因為太過骯髒，我還認真苦惱過該不該結束這種生活。我在婚姻報告中把他的配偶分數打得超低，到目前為止還沒人突破那個紀錄，然後一句短評的部分，我輸入了「裝義氣的小混混」。後來我就在我的位置明確做好我分內事情，絕不會超過ＦＭ的界線，不管累積了多少信任，我也不想建立更多主動積極的關係，如果那是愛情的話，更是如此。時靜說過愛就是瘋狂，但我跟ＮＭ的丈夫們是不可能這樣的，就算想要單純的瘋狂也參雜過多複雜的利害關係。舒服嗎？嗯，但拜託你不要再笑了，我要是知道那個歌手是誰，還真想去跟他理論。你到底對我丈夫幹了什麼事，線也要剪斷了才能用，為什麼唱歌都不間斷要連續？趁我還跟你好好講話的時候，給我改成斷音重唱！

19

為了寫最後一季報告，我已經連續三天去上班。雖然第一天就寫完了，但我刻意拖延，畢竟如果太早交，這個破公司不稱讚我就算了，還會懷疑我的誠意，然後會在剩下時間又交辦我做其他事。也不能忽視同事可能的抱怨，因為他們會被我影響而顯得相對懶惰。好吧，反正也不用急那就慢慢來吧，太過勤奮也只是爽到公司而已，難道我會得到什麼好處嗎？

常務最近忙於兩位新進員工的現場教育，有兩個人同時入社的狀況非常少見，就算可能讓會員等待也幾乎不會隨便亂選人進來，畢竟焦急的人是會員，不是公司。看來這次是一舉出現多位人才吧，現在新人的學經歷一年比一年還好，公司雖然不會特別看這部分，但總在選了以後才發現是大家的學經歷都不錯。也有會員會因為聰明但沒有彈性的配偶感到疲憊而拒絕，後來甚至出現隱瞞自身學經歷那種能屈能伸的員工。新人進來時我都很好奇，你書唸到哪啊？常務傳了訊息給我。

——下班後喝一杯吧，我有好消息。

好消息就在公司講，讓我準時下班吧。

——真的嗎？那我來請客。

——什麼意思，我帶公司卡出門了。

——我盡快收拾。

然後我傳訊息給丈夫。

——我今天公司聚餐。

——這麼突然？

——新人迎新。

——待一下下就好。

——當然。

我們去了三成洞的紅酒吧，這裡距離常務家不遠，主廚正在一個巨大烤盤烤著海鮮，我飢腸轆轆。每次送上蕎麥茶包泡的茶和沙拉時，常務的嘴巴都沒有停過，看來她是這裡的常客。我知道這家餐廳的蔬菜是從哪裡進的，我喀嚓喀嚓地吃著切成條狀的小黃瓜，她是發現了什麼嗎？真是個讓人看不懂的女人。我們點的海鮮料理上桌，常務暫時低頭禱告感謝日常糧食，但沙拉難道不算糧食嗎？為什麼沙拉就直接吃了？每次都這樣，常務都只有心情好才會祈禱，是假的。常務倒酒時低聲說。

「這裡老闆跟我上同一家教會，差點忘記。」

原來是比起神，更害怕教徒的信徒。

我們輕輕碰杯，將酒喝下肚。

「是什麼好消息？」

「盧次長這次被提名要升部長待遇了。」

部長待遇啊，如果順利，這在NM也算是快速晉升了，就算一開始晉升很快，但次長跟部長間的距離相當大。常務希望我負責管理最低會員等級的ACE等級，這是原本的負責人突然離職所產生的空缺。這是等級不同的領域移動，不太會有現場值勤出身員工的機會。會員等級分為ACE、PLATINUM、BLACK，整體來看雖然常務是負責ACE和PLATINUM的總管，但她主力還是放在PLATINUM身上。最高等級的BLACK是由副代表親自負責，他們是極其少數的政經界人物，若被選為他們的配偶還需要另外進行培訓，據說也有非ＮＭ，從外部找來的對象，但這算是非常特別的狀況。我沒有見過BLACK會員，也難以區分ＡＣＥ和PLATINUM的等級，因為公司擔心我們用等級對會員差別待遇，所以沒有告訴我們，只能憑經驗去推敲。小說家丈夫是ＡＣＥ、現任丈夫是PLATINUM，大概這種感覺。等級不是依照財富或名氣決定的，而是用ＮＭ非常嚴苛的審查進行分類。ＡＣＥ是可以丟棄的牌，雖然市場性不錯，但也會有很多亂七八糟的客訴進來。甚至也有即便順利完成這段婚姻也仍抱持不滿，要求退還婚姻成功資金的奧客。公司會退還整筆錢，然後剝奪他的會員資格，給我滾。也有把現場執勤者當成玩物的會員，如果出現兩次以上相同的報告，公司也會把整筆錢退回去並剝奪對方的會員資格。看來你有點錢喔，那就去其他地方花吧，你也給我滾。雖然大部分的人一開始都會罵，但為了重新加入，又會回來找ＮＭ。

重新加入的條件就更嚴格了，必須支付當初退費的雙倍價做為重新入會費。但他們仍然必須承擔，這樣他們才會認清到底誰才是真正的甲方。

ＡＣＥ等級就是這麼麻煩，而且也難以避免與選擇會員組的摩擦，如果有人客訴，就會有人抱怨選拔問題，另一邊則是抱怨管理問題，例如選這什麼惡質會員，或是怎麼都沒辦法好好管理會員之類的，但這是為了往上爬的必經關卡。

「妳要出差到什麼時候？這段時間也辛苦妳了。」

「謝謝。」

「既然出了好缺，那我當然要讓我的後輩上去。」

常務是我的大學前輩，但公司裡沒幾個同大學畢業的校友，越往上爬更是如此，擔任要職的獵頭組則多半都跟社長來自同一間大學。

「等這次出差結束後就會立刻批准的，妳再撐一下。」

看來並不是因為她知道了什麼而想堵住我嘴的行為，只是身為前輩的單純心意。但我已經得知了常務的底細，也沒辦法把這兩件事分開看待，我該怎麼好好看待把人送進祈禱院的人呢？還是她不知道那邊怎麼對待人嗎？怎麼有辦法這麼悠然自若呢？好可怕的人，我不小心先把最後一杯酒喝完，結果就被常務罵了。

「我們學校的學生怎麼都這麼生硬啊？真不好玩，走吧。」

我噗哧一笑，跟著常務起身，常務用公司卡結帳。公司需要常務，常務也需要公司，他們是可以百年好合的八字，我說了謝謝招待後離開。

現在開始直到期滿離婚時，我沒有要再去公司的事了。丈夫似乎也結束那個可能被登載世界文化遺產的線團歌手工作，看起來變得悠哉許多，他從工作室拿出大導演的退休作品，即使我拿出啤酒，還用準備下酒菜拖了點時間，還是避不了大導演。

「如何？」

「畫面很美。」

他像個音樂人一樣，把家裡布置成家庭劇院，音效什麼的也特別大聲，總覺得連底下蔥田的老奶奶都有聽到吧？她要是拿著鋤頭衝來喝斥大白天到底在幹麼該怎麼辦？怎麼不關小聲一點啊。但丈夫太過認真看著大導演的巨作，我實在說不出口。

到底是把哪個部分當成重點才會出現這種眼神呢？我還真沒想到我會有一天聽到這種聲音變得如此立體，沒有偷看的刺激感，這麼大刺刺直接看還真有點微妙。一集結束後立刻接著播下一集，真是夠了，不要拿食物搞得這麼骯髒，我自己下海就算了，看人家這樣反而痛苦，在女主角全身擠滿鮮奶油之際，門鈴響了，叮，叮，叮。

「剛剛門鈴是不是響了？」

「好像是。」

如果是拿鋤頭的奶奶你要負責處理，但我從對講機的小小畫面裡看到的人是嚴泰成。那個男人為什麼又！丈夫把電影暫停。那天還多準備了即使他要立刻退房也夠用一段時間的錢給他，但他一直都住在汽車旅館裡，雖然老闆偶爾會報告他的近況，但也沒什麼要再去找他的事。因為之前祈禱院給他服用過量的躁鬱症治療藥物，有私下問過他是否出現戒斷現象，但就算有，應該也很難從外表觀察到吧，老闆說嚴泰成都乖乖住在那裡，只是常常要求他準備點滴，所以還私下幫忙找過山寨點滴阿姨來。嚴泰成不斷重複著他必須把血洗乾淨的話，大部分都是白天在外面跟汽車旅館的狗玩，晚上跟前臺員工一起看影片。

就這樣住滿了一個月又一週後，再次出現在我們面前。

嚴泰成坐下前，把蜂蜜柚子茶和威士忌遞給我，雖然是很特別的組合，但既然他給了我還是先接過來，至少不是那個煩死人的年糕蛋糕，好多了。

「我要回家了，感覺應該來打聲招呼……謝謝。」

即便這只是受情勢所逼而暫時湧上的真心，我也想要相信他，也希望今天就是我們最後一次見面，以後永遠別再碰面了，希望他在我看不到的地方過得幸福。

這個場合可能也讓嚴泰成感到尷尬，他開始說明柚子茶和威士忌的組合，他說在茶裡加點威士忌有助於預防感冒。雖然他經歷了這麼大的事件，這些繁瑣細碎的雜知識與多管閒事也一如既往。嚴泰成本人露出滿意神色看著柚子茶和威士忌，然後他接著看到旁邊的大導演ＣＤ盒，為什麼要來還非要挑這種時候呢……然後他立刻起身。

「我先走了。」

他急忙離開，這個結尾竟然這麼讓人不自在。我站在玄關注視著他走出大門，乍看之下還是有過往的明朗氣息，但他的行為舉止變得十分小心。他以後只要看到臉上的疤就會想到我吧，他該有多討厭我呢？但我們就是這樣的關係，以後就別再見了吧。

我長嘆了口氣又走進家門，大導演的巨作繼續播映，女人又繼續在全身塗滿鮮奶油，我要不要喝一杯加冰塊的威士忌假裝自己醉了呢？我沒有坐在沙發上，前往廁所。

「妳不看嗎？」
「我洗個手。」
「要按暫停嗎？」
「沒關係，你先看。」
反正不管走進來還是走出去，肯定都一樣在幹那件事情，何必暫停。

20

我交了最後一季的報告，出現結束修能考試的考生心情。沒有上新的課程進度還是來學校殺時間，丈夫又回到二樓工作室度過他大部分的時間，但比較無言的是，我如果偶爾像蕙田奶奶那樣隨便把毛巾纏在頭上，他看到我這個樣子會興奮地來抱住我。我用那個樣子給草皮澆水或因為被什麼迷惑，一次烤整捆海苔而氣喘吁吁時，他又會說聲「老婆」猛地靠近我把事情鬧大。感覺他有偷偷想嘗試大導演電影裡看過的體位，但實在尷尬到我很難入戲。先生，不能做這種姿勢，為什麼？脊椎會斷掉。都不知道他上半身仰得多高，感覺肋骨都要穿出皮膚了。他不知道實際嘗試這動作是非常奇怪的事，又不是在表演特技動作。丈夫現在人在二樓，我拿著咖啡走到院子，我擔心毛巾包頭又會讓丈夫跑下來，所以今天沒綁。我只是某天偶然注意到那條毛巾，才隨手用毛巾包頭。其實還挺不錯的，可以擋風，也稍微有點陰影蓋到臉上，還可以稍微躲避春日陽光。烤海苔流汗時還能立刻擦汗，身上沾到灰塵也能立刻拍掉。我發現了按照用途使用後，又重新包頭的毛巾新世界。原來奶奶們是因為這樣才用毛巾包頭，因為是觸手可及的東西，我也挺愛用的，但這在丈夫眼中卻以奇怪的角度被喜歡。

「你幹麼一直看？」

「很微妙的適合妳。」

「這比帽子更實用好用。」

「看得出來。」

我坐在椅子上看著院子，最近即使長草我也不太鋤草了，反正春天的草花很美，就隨它去了，感覺不是從地上長出來，而是從天上掉下來的。我喜歡草花的休閒，櫻花樹也沒有繼續用小燈泡，而是用自身綻放的花華麗復活。掉落的花瓣很美，我都會先放置一天，隔天再掃。它會掉到什麼時候呢？我喝一口已經冷掉的咖啡，看著手機。要打電話還是傳訊息呢？我平常是時不時會聯絡時靜的人，現在卻突然變得很尷尬。還是要介紹其他女人給她呢？有沒有什麼亮眼的女人啊？如果因為我們太久沒講電話了讓她受傷該怎麼辦？或許她會後悔自己告白吧，如果我到最後都不知情，我們還能輕鬆自在地互開玩笑。總之我先撥了電話，時靜跟平常不太一樣，過了很久才接。

「我在上課，偷偷出來接的。」

「什麼課？」

「我最近在學印章工藝。」

「那又是什麼？」

「蓋章做卡片，也會做漂亮皮夾，我想要好好學，開一間工坊。」

「好，妳努力學吧，先掛了。」

「親愛的，要不要我寄我做的卡片去妳公司？」

「妳說什麼？」

「我去上課了。」

時靜掛斷電話，她是在頭上蓋章了嗎？我之後回家要低調一點了。我盯著院子瞧，車庫的門有點吱嘎作響，要記得跟丈夫講這件事。在這個毫無裝飾又光禿禿的家還真是過得多采多姿，第一次結婚相當普通，真的沒料到會復合。我到現在還是不知道丈夫提出復合申請的原因，但以後也不會再復合了，就算丈夫想繼續，我也會拒絕的。已經夠了，就算真的能白頭偕老，他應該也還是忘不了書延。雖然看起來是可以開玩笑問說離婚了嗎的程度，但誰懂個中故事呢？他們倆的協議無須讓他人理解，只是書延看起來比較痛，會讓人比較在意而已。她隱約是個痴情派，直到最後都想把丈夫當成自己的男人珍藏，金次長跟這樣的書延設計了什麼樣的生活型態呢？沒有聽說中途悔婚的消息，看來應該是過得還不錯吧。現在一切都結束了，好痛快。

第二次的最後一晚，就算不提其他事情，至少嚴泰成相關的事我想特別提出來講。但丈夫一副「又沒什麼」不冷不熱的反應，有種深夜為了孕妻買血腸回來的感覺，所以我也快速結束了這個話題。總之，這對我也不是件易事，當我們的對話沒了第三者，就只剩下我們倆了，但也真是無話可說。

「你知道車庫前門有吱嘎聲嗎？」

「嗯。」

「我把燈泡串放在倉庫了，今年冬天你自己閒著沒事可以裝飾。」

「為什麼會覺得我是自己一個人？」

為什麼呢？是因為圍繞在丈夫身邊的那股空虛吧。他對人沒有執著，反而是對小時候把玩的電動玩具或相機、專輯等物品更加依附。我有時也覺得這個家就像丈夫的安全屋，他看起來不覺得痛苦，是個很適合獨處的人。我不想妨礙這個人的淒涼，如果因為在意就去二樓找他搭話，感覺會變成「零一零四五四五八二四五，各位居民好」這種喧鬧大聲公女般的噪音。我把厚實的枕頭中央壓得鬆軟，準備就寢。如果想在明天上午就把工作做完，還是早點睡比較好，睡吧，我捲起被子。

「老婆，如果我們下次再見，就一起住吧。」

天啊，這位客戶感覺又要申請復合耶。先生，選妃的樂趣不是只有你一個人才能享有，接連遭逢藝術家丈夫真不知道有多累人，藝術家只能透過作品相遇，實際相處真的不是普通的累人。他們不是自由靈魂，而是擁有挑剔靈魂的人。如果不想讓他們瘋掉，不管他們做多少瘋狂事都必須袖手旁觀，必須成為活佛。但又要？我得讓常務把藏起來的ACE檔案交給他了，他可能不太清楚，但我們還有許多美貌的現場值勤人員。

「幹麼講這種話？」

「常見面很有趣啊，我們之前不也在夜店見過嗎？妳修能考試那天。」

等等等等等一下！我抓著被子猛地坐起身，睡意瞬間消散。那天我把在場的所有男人都當成同夥的瘋子，但丈夫居然是那群瘋子的其中一人？

「我一開始只覺得妳有點眼熟，是在離婚之後才突然想起原來妳是當時那個女孩子，考完修能想破處的。」

「我嗎？」

「我知道不是妳。」

我們十九歲，丈夫三十歲，我們當時還不懂什麼叫玩，而丈夫是知道自己在玩什麼的。是即使惠英莽撞地上前一起跳舞也能一笑置之的年紀，他還因為我們考完修能考試，送了我們啤酒喝，是嗎？總之，當時惠英點名我，拜託對方給我一個紀念修能考試的初夜，還說我很害羞，要請對方多指教。對每個世代的大人而言，十幾歲的孩子都是很難懂的存在，若是給了自以為的建言，十之八九都會被當成老古板。如果放任不管，該後悔的會後悔，該發展的就會發展，並找到自己該有的位置，但修能紀念初夜真的是過分了，想用第一次的經驗洗去高考的汙垢，意圖未免太過於魯莽，即便再怎麼懵懂，第一次也不能這麼隨便。

「靜靜地玩完回家吧，孩子。」

丈夫打發了惠英，但感覺惠英是因為另一個和丈夫同行的男人一直看我，才會提出請求。我當時也覺得很怪，以一個看到向自己朋友開口這種尷尬請託的人來說，他也玩得太過平淡。對去求人的孩子興致缺缺，只跟坐在對面的孩子講些不著邊際的玩笑。雖然被看穿了大考結束的放鬆感，但完全沒有性慾或緊張感。那孩子到底為什麼一直這樣做呢？雖然沒想議論朋友關係，但丈夫說我看起來確實危險，所以丈夫指使後輩重新把惠英叫來，打算先把我們帶出去，送我們回家。

「我送吧。」

「好，但旁邊那個穿著棉外套的孩子先不要。」

惠英這句話可能讓後輩不開心了。

「旁邊那孩子難道是穿裙子的男人嗎？」

「你在說什麼！」

「那至少妳跟我來吧。」

然後我就拽住惠英的手臂，惠英突如其來甩了那後輩一巴掌，後輩也揪住惠英的頭髮。要不是員工勸架，差點就要在警察局住一晚慶祝修能考試結束了。發火的後輩追到電視臺前，他也因為惠英的哭泣聲知道她們躲在停車場，但只咒罵幾句就消失了，這是我們十分慶幸的狀況。我完全沒有意識到用強力警告讓後輩離開的丈夫存在，到目前為止都只記得是某兩個混帳。世界還真小，丈夫聽著我的話笑不停，原來那天背後還有這種事情啊，難怪惠英的道歉這麼誇張，想說她是個善良的孩子，會道歉得這麼久又噁心也沒想太多，雖然我沒料到會是這種事，但那天之後我就開始討厭惠英，也冷淡地接受她的道歉。我知道了，好了。惠英為什麼會這麼做呢？是想讓時靜看到我是個會跟男人交歡的女人嗎？愛情真是殘忍又愚蠢。丈夫問我：

「那孩子現在在幹麼？」

「死了。」

「她看起來很不安，那當時在她身邊的人呢，過得好嗎？」

「很好，你的記憶力非常好耶。」

「因為妳跳了很奇怪的舞啊。」

「幹麼這樣，我如果跳舞，大家都只看我耶。」

「肯定的吧，哈哈哈哈哈。」

這就是復合的原因，突然鮮明想起很久以前的事，想暫時回到當時，回到成為在同居和結婚女人的男人之前的自己。回到不管是辛苦或痛苦都已是過去式，也無須繼續承擔與堅持的當時。諷刺的是，雖然必須透過名為ＮＭ

的另一種婚姻，但還是想要觀望並享受一次。我們再次重逢的緣分也刺激了丈夫，在嚴泰成登場時他也忍不住乾笑，每當我身處危機時，他都非出於本意地待在我身邊，十九歲一次，二十九歲一次。

「那等我三十九歲時，你又會出現吧。」

「到時候拜託妳就待在其他男人身邊吧。」

「為什麼？」

「萬一是我解決不了的事會很丟臉。」

這男人還有可愛的一面耶，順利的話感覺十年後還真的能再見面。我把棉被挪到一邊，打算讓他見識比起電影，實際上會有多猛。丈夫也開始寬衣解帶，很好，就來比看誰脫得快。結果我慢了一點，丈夫脫個精光，把我的胸罩往上拉，可惡，我上面還多他一件。

「連同當時你送我的，一起回報給你吧。」

為什麼不早點說呢？如果說了，我應該也不會只帶著職業意識工作，會有不一樣的感情啊。丈夫今天是真的很持久，看來是精通了大導演的電影，就像坐在一架剛起飛的飛機一樣呆滯，在上升到安全高度前，把轉速拉到最高。是什麼進入了我的身體？又柔又強烈，原來身體裡有鞭炮炸裂的感覺是可能辦到的嗎？救命啊。還好嗎？嗯。累的話要不要休息一下？不用，天啊，我回來了。原來丈夫的背上也會攤開翅膀的。以這場天堂般的做愛為結尾，我們的聯絡方式將會改變。我們都很明白，但都沒有多問，如果我們是必將再見的緣分，肯定會再見吧，如果是那種緣分的話。丈夫抵達安全圈之後開始水平飛行，可以解開安全帶任意移動了，等一下，然後我稍微抽身，鑽進丈夫的胯下。我第一次把丈夫的生殖器放進口中，這人原來喜歡這種啊，怎麼不早說呢？喜歡嗎？非常。

21

出差結束後，我獲得一星期的休假，是不支薪的假期，不對，這只被認定為是為了回歸業務的恢復期而已。我還沒跟時靜說，還需要一點時間，但不是因為時靜的緣故，而是對我這份職業的懷疑。如果有人問我，妳的二十歲過得怎樣？我找不到適當的答案回答。行李箱吧。是旅行嗎？可以這麼說吧。真好耶。不好說。這不是我十幾歲時嚮往的二十幾歲生活，但我已經三十歲了，我不想在結束三十幾歲人生時又在後悔。我必須把生活揉成一團放進行李箱移動的人生丟掉了，我緊捏著手中的金鈕扣，有它一個就夠了。

我帶著辭呈前往公司，常務好像認為我是考慮到要升職才來上班。考量到福利部分，那確實是個很好的職缺，我一到公司就有點躊躇，這會不會是期滿離婚後湧上的倦怠所導致的衝動決定呢？到了要交辭呈之際，又覺得公司好像沒這麼糟了。還有哪裡更好呢？負責ACE等級的部長離職後去了其他公司，他應該已經把核心資料都帶走了，如果我們公司被擠下去該怎麼辦？頓時，我的愛社心油然而生。常務在用整片玻璃製成的會議室裡跟兩位新人說話，她們的樣子跟我們當時不太一樣，看起來沒什麼戰鬥力。感覺常務在講很重要的事，但她們聽的表情有點不耐煩。我和常務四目相交，她揮揮手要我進去，我慢悠悠地走進會議室，兩位新人立刻起身，常務已經把我介紹為部長了。

「妳們好，請坐。」

「不用坐了，勝河小姐，妳先考慮一下，下班再告訴我好嗎？先出去吧。」

聽從常務的指示，兩人並肩問候離開的樣子有點可愛。

「她們還在培訓中嗎？」

「沒，在見習了。但那個比較矮的申勝河小姐已經有人求婚了。」

「不會太快嗎？」

目前還處在透過前輩進行間接體驗，培養自尊感的階段。

「張部長不是帶走幾個人了嗎？難怪這些人都一個個遞了辭呈，因為等待人數不夠才把她放進名單，結果馬上就有人求婚了。好擔心啊，張部長是獵頭組宋常務的人嘛，我之前一直說要特別注意，都不把我的話當一回事，只有我一個人火燒屁股。等我一下，我先去趟樓上，剩下的等吃午餐再說吧。」

常務離開會議室，公司突然緊張地運轉起來，如果我遞辭呈，她肯定也會以為我要去張部長那邊。這時間點還真是……還是我要多待一年？每次都覺得再待一年，結果也已經待七年了，歲月過得還真快。我當初也是在這間會議室接受培訓，抱著自暴自棄的心情進入公司，說著「好，我知道了」接受培訓。字面上說是現場執勤教育，我還以為是要教床上功夫，但聽到常務說的話倒是讓我有點意外。

「我不知道獵頭那邊是怎麼跟妳們說的，但若是妳讓自己成了個女招待，我會開除妳。」

如果讓公司的服務品質下降就會立刻讓妳離職的意思，需要女招待的話可以找到以各種形態生存的場所。常務也特別強調，畢竟結婚和其他事不同，性愛並非主要目的，而是生活的一部分。

「我有認識的前輩把這個當目的才結婚耶。」
「但他也不會讓女招待常駐家中吧？」
夫妻的性愛是無法用錢計價的行為，也算是NM婚姻與一般婚姻的區分界線，這場婚姻是需要鉅額資金的，而代價就是在一定期間內，他可以主導進行自己想要的婚姻型態與生活方式。常務一開始之所以會這麼強調，也是因為這部分是新人特別顧慮的部分。畢竟不管怎麼說，因為有性關係存在，也必定感到不安。如果真的過於不安，第一位配偶通常會分配性無感者。想要的話，直到離職之前也可以做沒有性關係的工作，我們有另外區分出性無感的族群，會員數也比想像中還多。有時候面臨需要隱藏自身主體性的狀況時，他們就會來找我們，演出與異性同居的生活。這都是那些比起同居，更憎恨同性戀者的那些人所造成的。在這種狀況下就沒有需要做愛的問題，但有很多現場執勤者會迴避無性生活，甚至還有過完無性生活的後輩回公司抱怨自己的遭遇。
「生活沒有樂趣了。」
「用道具。」
「萬一買了那個卻被發現要怎麼辦？」

「不要小看冰箱，有很多比丈夫更有用的東西。」

常務給了很有創意的忠告，真不愧是士官長。總而言之，就是這類型的培訓，為了讓我們少受一點傷害的培訓。回家之後不可以畏畏縮縮，必須像剛從市場回來、剛下班回來一樣行動。如果丈夫出現自己僱用一名女招待的錯覺，就要立刻壓制對方氣焰。「老公，你幫我開一下這扇窗戶」這種瑣碎的話最有效果。不能試圖改變自己，不管是二十歲或一百歲的老人，他都是選擇了現在這個樣子的妳。我們不是要培養跟送出一模一樣配偶的公司；然後絕對不要愛上對方，這種事去其他地方做。常務在我升上科長之前，都隱瞞了她是我大學前輩的事實，因為如果我太早離職，就會變成無謂地洩漏了本人資訊。再加上我還是同系直屬後輩，我很清楚這段時間都是常務替我處理掉一些事，在我不斷拒絕的時候也是，換作是其他ＦＷ，早就寫一堆報告還吃懲戒了。我是因為常務的睜一隻眼閉一隻眼才能平安度過，但因為其他上司都睜大眼睛注視著我，所以我在晉升審查也只能是落榜命運。

「那邊常務超好笑，為什麼要把妳抓去現場？他自己的後輩都是內勤耶，他幹這種事情以為我會善罷干休嗎？我要把他的後輩統統送去高山地區！」

我們把ACE等級中最難搞的會員稱為高山地區，常務就是這麼疼惜我，所以祈禱院的事才會讓我更加失望，多希望她直到最後都能是我很棒的前輩。我第一天上班是會議室，最後一天也是會議室呢，我傳了訊息給金次長。

——前輩，我今天遞辭呈了。

——要走了嗎？

——今年一定要晉升喔。

——公司這麼破爛耶，妳要好好生活。

我也傳了訊息給劉代理。

——我今天離職。

——要回家了嗎？

——嗯，如果窗戶太大，夏天太熱，冬天太冷，懂吧？

——明白，這段時間也謝謝妳。

——妳爸應該沒有因為薪水變少來找妳吧？

——有來，但常務幫我處理好了。讓他把存摺、印鑑、提款卡都留下，甚至還寫了絕對不會再來的保證書。

——原來，那妳痛快嗎？

——我還不太清楚。

——我想也是，出差順利。

我走出會議室，走到常務的位置，把我的辭呈、員工證、公司配的公務機都放在她的桌上。這段時間我過得很好，請務必健康。

這段時間到底是過得好還不好，我可能要再過段時間才會知道，畢竟會後悔的生活並不表示整個人生都活錯了。見過很多人以後，我好像也變得更圓滑一些，光看我變成懂得偶爾向媽媽問安的女兒就可以得知。對於不知道自己犯錯的人，是可能原諒的嗎？對媽媽而言，我可能也是個不知自己哪裡犯錯的女兒。我們可能也得在永遠無法被理解，也無法原諒對方的狀態下生活。我和媽媽的愛是完全不同的形態，大學時期，我為了單戀的校刊社學長加入校刊社，我喜歡那種因為某件事跟學長團結一起的感覺。美其名是記者，但我從企劃到製作，甚至還準備了學長姊的餐點，做盡各種雜事。這裡軍紀嚴明到只要一說要集合，大家就會二話不說集合，說要乾杯也不能吭聲，只能乾杯。在管不了什麼愛情的滿腔怒火之際才跟學長變得比較熟，他吻了我，然後我們很快地成為戀人，即使媽媽反對也在所不惜，我不想連我的男人都得配合媽媽的喜好。一般的婚禮也沒太大意義，我光是能在學長套房裡放我的東西就覺得開心，在我們倆的婚禮幾天前，學長消失之前，我是真的很幸福。

「是我送走他的。」

媽媽把對方消失這件事當成自己的戰果，這是從一開始就面臨的難關。我們跨過了它，也有自信之後能辦到。如果他是個說走就走的人，那我打從一開始就不會開始了，應該是有隱情的。我也不想因為他的消失就扯著嗓子跟媽媽大吼大叫，媽媽那股認為自己有資格判斷對方本性是否正確的傲慢也令我瞠目結舌。

「不倫不類的，他更髒。」

「更？」

「跟男人親密完又來碰我女兒這點，我無法原諒。」

「看來妳很懂什麼叫跟男人親密喔？是怎樣碰了才會覺得髒？只有男人的生殖器進陰道才叫乾淨嗎？可是我更喜歡從其他地方進來耶，妳的女兒就是這樣，所以妳也不要隨便講別人什麼。」

我是學長的第一個女人，他是因為遇到我才變成雙性戀的。因為我的關係，他變成我媽口中更骯髒的人。學長跟我交往時又遭遇了一次混亂，他也不去有很多親密友人的同志酒吧，他在那邊面對的視線似乎也不是太好。雖然我駁斥這跟異性戀者的偏見沒有兩樣，但那個世界裡肯定也有歧視存在。我覺得學長之所以離開，不是因為他不愛我或我媽反對的關係。他一直都想尋找自我，但那趟旅程看起來是很漫長的。我希望他如果有一天來找我，會笑著跟我說他現在終於有點懂自己了，當時離開是不是很可愛，之類的。我會選擇NM也是因為長期出差的關係，我很滿意能拿工作當理由，不用每天面對媽媽這件事。媽媽也沒有反對，看起來只要不是學長就一切都好，我也只要不是媽媽就一切都行。而我現在要離開公司了，我想要更專注於我自己而活，在回家之前，我打了通電話給時靜。

「妳的印章工藝學得還好嗎？」

「我最近還會做包包喔。」

「那妳跟我一起開間工坊吧。」

「妳公司呢？」

「今天辭了。」

「那正好，裝訂相簿用印章裝飾會更漂亮的，我也有在學緞帶工藝，在工房裡也幫忙做禮盒包裝吧。喔，那妳今天會回家吧？」

「妳結束後過來吧。」

「我把我做好的作品帶去，愛妳。」

這孩子是瘋了嗎？時靜又先掛斷了電話，我是不是白提了要一起開工房啊？想到她會緊黏在我身邊就已經開始擔心了。她是個沒救的孩子，雖然我的離職金也沒多少，但把我存的錢湊一湊應該能開一間工房吧？如果工房不順利就叫她做年糕，年糕不行就讓她畫網漫，如果連網漫也不行呢？之後再說了，時靜肯定又會在這段時間學別的東西。

我去了趟市場，時靜喜歡吃雞肉，所以我想做燉雞。她也喜歡吃綠豆涼粉，這兩道菜應該就能吃得很飽。我提著購物袋偷瞄了一眼隔壁，真安靜，是誰住在這呢？我這幾天為了執行奶奶交辦的任務，很常用耳朵貼著牆壁，有沒有釘釘子呢？但別說釘釘子了，連講話的聲音都沒有，但至少是沒有會報喪的事情。我按了電子門鎖的密碼走進屋子，放在鞋櫃前的行李箱被購物袋推開，擋住我的去路，我想把它丟了但一直沒丟，這個行李箱比起ＮＭ，會讓我更先想起我媽。在我結束見習有點動搖時，媽媽叫我拿起這個行李箱。

「妳是掉進泥濘裡了，擔心髒東西沾手，連手都不願意伸出去的泥濘。因為我是妳媽才願意做的，妳去上班之後就會懂，在那邊好好觀察男人跟女人是怎麼交往的。」

我不想再談第二次被謾罵為泥濘的愛情，這段時間比我想像中更長，隨著時間越長，要離開NM到外面的世界會更辛苦。感覺就算出去了也很快會回來，只是把空辦公桌的OFF標語轉到ON那一邊而已。周遭人都只重視我跟誰交往，但從來沒人問過我「妳幸福嗎」。當然也是因為他們不在乎我是否不幸，就算我哭訴我覺得這樣的生活很累也無濟於事。妳還缺什麼？或許我是因為這種漠視和無意而生氣吧。要是發火感覺只有我自己一個人很累，我已經三十歲了，到現在還是對三十歲沒有任何感覺。但該怎麼說呢？好像莫名感受到一種柔軟的彈性吧。怎樣？我很滿意這種生活啊，當時為什麼沒辦法伸縮自如的應對呢？我現在要好好生活了，我先燉了一會兒雞肉，用水洗淨後再連同馬鈴薯重新放回鍋子煮，這是時靜教我的去腥方法。等一下，粉條跑去哪了？得先泡水才行。我先做了醬料並翻找我的櫥櫃，因為是我第一次做的料理，有很多需要注意的眉角。我什麼時候做綠豆涼粉啊？時靜都能同時做好幾道菜，我一次做一道就快累死了。喔對對！飯啦！我的飯還沒煮！我趕緊舀米，她剛剛說緞帶工藝教室在哪啊？她是個心情好就會搭快遞摩托車過來的孩子，我想在她抵達前擺好一桌菜，但門鈴響個不停，我真的懷疑她有個人專用直升機。我把盆子放在洗碗槽。喊著「等一下！」急忙從冰箱拿出麥茶汽水放在桌上。她肯定會很驚喜，就開心地喝吧，讓我們暫時回到還很美好的當年吧。麥茶汽水，這次是我給的。我急忙走向玄關。

「妳明知道密碼幹麼——」

年糕蛋糕。在我微開的門縫間看到年糕蛋糕的盒子，沒有人，只有一個貼著黃色便條紙的年糕蛋糕盒。「我很好奇妳為什麼討厭我。」是很工整的筆跡。真是個瘋子，我急忙關門鎖上，身體瞬間無力，我往後退了幾步，結果被行李箱絆住，我本能地抓住行李箱的把手，怎麼辦？我同時想起前夫和時靜，我去前夫那邊會比較安全嗎？還是要先打給時靜？我為什麼會這麼無力？同時出現了暈眩和作嘔的症狀，我的周遭降臨了一片白茫茫且令人昏迷的寂靜，我盼望已久的寂靜就這樣籠罩我，擊碎了我的視野。

作者的話

每到寫後記之際，我都有種大步走近讀者的感覺。畢竟這與小說不同，是我能用自己聲音發聲的空間。如同遇到好久不見的朋友，因為開心想問問對方是否安好，也想聊聊我自己最近過得如何。所以這次比起小說本身，我想跟大家分享我最近的生活與想法。這是在準備這部作品期間所抱持的想法，現在才終於能在這裡寫下來。

幾天前，我把變酸的醃蘿蔔磨碎，加入青陽辣椒做了煎餅。因為去年冬天的白蘿蔔很漂亮，我貪心地醃了一大堆，到現在還吃不完。這是我在網路上查到的醃蘿蔔活用法，在麵糊加一點辣椒醬會更好吃，大概是介於泡菜煎餅與辣椒醬煎餅之間的味道，被切碎的醃蘿蔔口感也很好。我是第一次做，孩子也是第一次見到這種煎餅，拿著筷子看了好久。這種時候就要手撕煎餅塞進他們嘴裡，我問他們燙嗎，他們說燙，但如果是要放進孩子嘴裡的時候，都不會是燙的。如何？我問。他們說還不錯。看到他們吃得很香而感到欣慰，於是我又多煎了一大堆放在盤子上。

這肯定是每個家庭常見的光景之一，但有在二〇一四年四月十六日以後就失去這種瑣碎日常的家庭，無論是生者、死者或是失蹤者的家族，統統都無法回到過往的日常，因為「世越號」帶來的傷痛太深了。看著船逐漸沉沒也無法進行救援，過了一年也還是不知道事故原因為何。對於「為什麼？」這個理所當然的問題，到目前也還聽不見一個誠實的答案。

我們必須在得到明確且合理的答案之前不斷提問，這是對於冤魂的禮貌及應盡的道理，也是被留下來的人能活下去的道路。不是為了撫慰冤魂而刻意詢問及掩蓋，我誠心希望他們至少能在夢裡跟家人們放心吃飯的那天可以早日到來。

這部作品比前面幾部都辛苦了一些，要不是有創批文化出版部的激勵與協助，它應該只會做為一份粗糙的原稿留在我的電腦裡。豪爽但銳利的主編朴俊、耳語般地不斷給予建言的善英、不管丟出什麼原稿都會接受，令人感到踏實的朴信圭部長，以及透過這本書見到的各位讀者，向各位傳達我的心意，我愛你們。

二〇一五年春天
金呂玲

嬉文化
行李箱
（原名：트렁크）

著　者／金呂玲 김려령
執 行 長／陳君平
榮譽發行人／黃鎮隆
協　理／洪琇菁
譯　者／黃千真
總 編 輯／陳昭燕
美術總監／沙雲佩
美術編輯／方品舒
國際版權／黃令歡、高子甯、賴瑜妗
文字校對／施亞蒨
內文排版／謝青秀

出　版／城邦文化事業股份有限公司　尖端出版
臺北市南港區昆陽街十六號八樓
電話：（〇二）二五〇〇－七六〇〇
傳真：（〇二）二五〇〇－二六八三
E-mail: 7novels@mail2.spp.com.tw
發　行／英屬蓋曼群島商家庭傳媒股份有限公司城邦分公司　尖端出版
臺北市南港區昆陽街十六號八樓
電話：（〇二）二五〇〇－七六〇〇（代表號）
傳真：（〇二）二五〇〇－一九七九
中彰投以北經銷／楨彥有限公司（含宜花東）
電話：（〇二）八九一九－三三六九
傳真：（〇二）八九一四－五五二四
雲嘉以南／智豐圖書有限公司
（嘉義公司）電話：（〇五）二三三－三八五二
傳真：（〇五）二三三－三八六三
（高雄公司）電話：（〇七）三七三－〇〇七九
傳真：（〇七）三七三－〇〇八七
香港經銷／一代匯集
香港九龍旺角塘尾道六十四號龍駒企業大廈十樓 B&D 室
電話：（八五二）二七八三－八一〇二
傳真：（八五二）二七八二－一五二九
新馬經銷／城邦（馬新）出版集團 Cite（M）Sdn. Bhd.
E-mail: cite@cite.com.my
法律顧問／王子文律師　元禾法律事務所
台北市羅斯福路三段三十七號十五樓
二〇二四年四月一版一刷

■中文版■

郵購注意事項：
1.填妥劃撥單資料：帳號：50003021戶名：英屬蓋曼群島商家庭傳媒(股)公司城邦分公司。2.通信欄內註明訂購書名與冊數。3.劃撥金額低於500元，請加附掛號郵資50元。如劃撥日起 10～14日，仍未收到書時，請洽劃撥組。劃撥專線TEL：(03)312-4212 ・ FAX：(03)322-4621。E-mail：marketing@spp.com.tw

國家圖書館出版品預行編目資料

行李箱 / 金呂玲作；黃千真譯 . -- 1 版 . -- 臺北市：城邦文化事業股份有限公司尖端出版：英屬蓋曼群島商家庭傳媒股份有限公司城邦分公司尖端出版發行，2024.04

面；　公分

譯自：**트렁크**

ISBN 978-626-377-661-6（平裝）

862.57　　　　113000521